ドキュメンタリー小説

子会社の考査…欠席裁判

経営改善・健全化に孤軍奮闘した男の記録

元常務取締役 太田敏明著

文芸社

この小説の超ミニ概要

　この小説は、某大手企業の子会社の常務取締役であった大和田瓶迷《おおわだびんめい》が、昭和六十二年から平成四年にかけて体験したことを基にした、ドキュメンタリードラマである。

　芝浦工業㈱と富士コラーゲン㈱の両社の子会社（？）という妙な立場にある旭エレクトロニクス㈱の常務取締役に就任した大和田瓶迷が、両社の狭間で孤軍奮闘の努力を傾注し、経営改善・健全化に取り組んだところ、親会社（芝浦工業㈱）から邪魔者扱いされたという、世にも不思議な物語である。そして、子会社経営の内幕の赤裸々な実戦の話でもある。

プロローグ……東京駅、日本橋、常磐橋などのことから

いきなり読者にクイズを提供しましょう。
ＪＲの駅舎のことですが、線路を挟んで両側に駅の出入り口がある駅舎では、その駅舎の正面（表口《おもてぐち》）はどちら側でしょうか？

答えは、一番線側です。東京駅の場合で言えば、駅の正面（表口《おもてぐち》）は、一番線のある側すなわち、丸の内側（皇居側）で、新幹線ホームのある二十何番線という側（八重洲口側）は、敢《あ》えて表裏で言えば裏口ということになります。

事のついでに、では、駅のホームの一番線はどうやって決めるのでしょうか？（たとえば、東海道線で見ると、一番線が山側にある駅と、一番線が海側にある駅とがあります）
答えは、駅長室に近い方が一番線です。東京駅の場合で見ると、駅長室は丸の内側にありますので、ホームの番線の番号は丸の内側から一番線、二番線、三番線という順序になっています。

以上のクイズの答えを三段論法流にまとめると、①駅舎の正面（表口）は一番線（に近い方）側である。②一番線は駅長室側である。③ゆえに、駅舎の正面は駅長室側である。ということでしょうか。

さて、クイズでご紹介した「東京駅」の丸の内側の駅前一帯は、戦前（太平洋戦争）から駅ビル街・オフィス街でしたが、反対側の八重洲口側の方は、戦後の復興期になってから駅ビルもできたし、近辺の大型ビル（第一鉄鋼ビル、第二鉄鋼ビル、新日鉄ビル、日本ビルディングビル等）も戦後になってから、江戸城の外堀（すなわち皇居の外堀）を埋め立てて建てられたので、八重洲口側の駅周辺は、丸の内側に比べると随分と遅れて開発されたのでした。

ところが、東京駅八重洲口から徒歩数分の「日本橋」は、江戸時代から日本の諸街道（道路）の里程の起点となっているほどの中心地点であるし、この付近一帯の江戸橋、日本橋、室町周辺は江戸時代から町人町として栄え、現在も日本銀行本店ほか銀行街となっているのをはじめ、近くには証券取引で賑わう兜町の証券会社街や百貨店、老舗の小売店が集中している街です。

そんなわけで、東京駅八重洲口のごく近辺だけが、戦後になってから、江戸城の外堀を埋め立てて大型ビルが建てられ現在のような街になったのでした。

「日本橋」の下を流れる日本橋川を西に遡ると、「西河岸橋」「一石橋」「新常磐橋」と続き、その次には石造りの古い「常磐橋」が、「外堀通り」と「常磐橋公園」(江戸城の外郭の正門の一つである「常盤橋門」の跡で、石垣の櫓跡が現存している)を繋いで架かっています。

その「常磐橋公園」には、明治時代の実業家で、明治新政府に入ってからは、租税、度量衡、貨幣、鉄道、銀行などの財政経済制度の制定に力を尽くした「渋沢栄一」の銅像(立像)もあり、また公園の近辺には戦後いち早く「日本ビルヂィング」ビルや、「新日鉄ビルヂィング」ビルなどのビル群が建ち並び、丸の内側と並ぶオフィス街が形成されています。

大和田瓶迷の登場の経緯

「常磐橋」「常磐橋公園」の近くの「日本ビルヂィング」内に、我が国のシンクタンクの一つである「常磐橋経済研究所」の事務所があります。

その「常磐橋経済研究所」に勤務している大和田瓶迷が、昭和六十一年のある日、研究所の徳川理事長から、ビル内にある喫茶室に呼ばれ、旭エレクトロニクス㈱の常務取締役になってもらえないかとの話を受けます。大和田瓶迷にとっては旭エレクトロニクス㈱の常務取締役に就任することになった経緯の始まりだったのです。

▼主な登場人物と登場企業▲

親会社A
富士コラーゲン㈱（旭エレクトロニクス㈱の株式五〇％所有。当初は九〇％所有）
伊東社長（旭エレクトロニクス㈱の非常勤代表取締役）
後藤常務取締役（旭エレクトロニクス㈱の非常勤監査役）

親会社B
芝浦工業㈱（旭エレクトロニクス㈱の株式五〇％所有。当初は一〇％所有）
関連企業部（芝浦工業㈱の子会社と関連会社を管理指導する部署）
半導体開発事業本部（旭エレクトロニクス㈱の技術・製造部門を指導する部署）
労働部（子会社の給与労働関係問題を指導監督する部署）
総務部（子会社の総務関係問題を指導監督する部署）
考査室（子会社の経営を考査《検査》指導する部署）

子会社
旭エレクトロニクス㈱（芝浦工業㈱から、子会社として扱われている会社）
長谷社長（前社長、現相談役。芝浦工業㈱からの天下り）

佐原常務取締役（前常務取締役・芙蓉銀行出身の富士コラーゲン㈱側の取締役）
桑名社長（現社長、芝浦工業㈱からの天下り。芝浦工業㈱側の取締役）
井浦常務取締役（旭エレクトロニクス㈱生え抜きの取締役。プロパーのボス）
大和田常務取締役（富士コラーゲン㈱側の取締役。日の丸銀行出身）
山村半導体計測技師長・取締役（芝浦工業㈱から出向）
飯山営業部長・取締役（旭エレクトロニクス㈱生え抜きの取締役）
須山経理部長・取締役（芝浦工業㈱から出向）
西田総務部長（富士コラーゲン㈱から出向）
佐伯経理部長（須山経理部長の後任。富士コラーゲン㈱側から出向）
山城人事部長・取締役（芝浦工業㈱から出向。総務部も担当）
岡崎人事部次長（芝浦工業㈱から出向）
※ほかに、資材部長、生産技術部長等も芝浦工業㈱からの天下り。

横浜工場　旭エレクトロニクス㈱の新主力工場（半導体計測機器事業部）
多摩工場　旭エレクトロニクス㈱の旧主力工場（情報機器事業部）
北九州旭エレクトロニクス㈱　旭エレクトロニクス㈱の子会社

稲田電子㈱　旭エレクトロニクス㈱の子会社

芙蓉銀行　旭エレクトロニクス㈱と富士コラーゲン㈱のメイン銀行（主取引銀行）

四井銀行　旭エレクトロニクス㈱の準メイン銀行

勧一銀行　旭エレクトロニクス㈱の準メイン銀行

神陽銀行　旭エレクトロニクス㈱の準メイン銀行

目次

序章　常務への打診

「常磐橋」「常磐橋公園」の近くの「日本ビルディング」内に、我が国のシンクタンクの一つである「常磐橋経済研究所」の事務所がある。

その「常磐橋経済研究所」に勤務している大和田瓶迷が、昭和六十一年のある日、研究所の徳川理事長から、ビル内にある喫茶室に呼ばれた。

ビル内の喫茶室で待ち受けていた徳川理事長は、ウエイトレスに、二人のコーヒーを注文してから、次のように切り出した。

「大和田さん、きょうは重要なお話があって、事務室ではなく、こんなところに来ていただきました。悪しからず」

「何のお話でしょうか？」

「実は、私の親しい友人で、富士コラーゲン㈱という会社の常務取締役をしている後藤という男がおりますが、その後藤君から是非にと頼まれたことがあるんです」

「と言いますのが、後藤君の会社と芝浦工業㈱とが折半出資している会社で、旭エレクトロニクス㈱という半導体のテストシステムを作っているメーカがあるんだそうです。年商は百五十億円程度、従業員は五百名ちょっとの規模の会社だそうですが……」

「それで、その旭エレクトロニクス㈱の役員のうち、私の友人、後藤君の会社側から送り出すことになっている常務取締役としての適任者を、うちの研究所の職員の中から推薦してもらえないか？と頼まれてしまったんですよ」

「何でも、現在の常務の任期が来年六月で切れるので、もう長くなったので、交代の人材を捜しているのだとのことです。仕事の内容は、総務、人事、経理を担当して欲しいとのことです」

「それで、私も、彼とは永年の友人付き合いですので、むげに嫌だとは言えず、適任者を捜したところ、日の丸銀行ご出身で金融経済に関するご造詣も深く、また職位者として経営面および内部管理面でのご活躍のご経験もおありでいらっしゃる大和田さんが、一番の適任者だと思いまして、引き受けていただけるかどうかのご相談なんです」

「もちろん、大和田さんが、うちの研究所で必要のない人だなどということでは決してないし、引き続きうちの研究所の仕事をやっていただきたいのは山々なんですが、親しい友人からの依頼を引き受けた以上は、無責任な人材を送り出すことは私の性分からできません。優秀な適任者ということで大和田さんに行っていただけたら一番嬉しいのですが、いかがでしょう?」

「会社の場所は、世田谷の用賀だそうですが……。それと、待遇、給与のことですが、内部管理担当の常務取締役として就任願いたいのと、役員としての年収は、うちの研究所での水準を下回らないお約束をすると言ってました。お引き受け願えませんか?」

大和田瓶迷の決断

常磐橋経済研究所の徳川理事長からの話に、大和田瓶迷は、二、三日返事の猶予をもらって、引き受けるかどうかを考えた。

まず、大和田瓶迷は、翌日がたまたま「敬老の日」で研究所は休日だったので、理事長からもらった「旭エレクトロニクス㈱」の会社案内を頼りに、勤務することになるかも知れない旭エレクトロニクス㈱の本社と本社工場の建物を見に行ったのである。

本社は、工場と一体となった三階建ての建物で、道路二面に面した角地にL字型に建てられた、古そうだが堅牢そうな建物で、L字型の角の部分が丸みを帯びた玄関入り口になっていた。


「敬老の日」の祭日のこととて会社は休みのようで、玄関は閉ざされており、中の状況は分からなかった。しかし、その時の大和田瓶迷の目には、現在自分が勤務している近代的なオフィスビルとは、まるで感じの異なった、如何にも工場風でしかも古びた建物に見え、建物の中の事務室も粗末なところだろうと想像され、率直に言って「私の最後の職場となるであろう第三の人生としての職場」としてここを選ぶのには、執務環境としてはあまりにも現在のオフィスと違いすぎ、侘びしすぎるように思えて、好ましくないと感じたのであった。

しかしながら、大和田瓶迷は、その一方で、依頼されている職務の内容が、会社の経営陣としての常務取締役であるということと、主担当が総務部門と人事労務管理部門と財務経理部門であるという点については、関心と魅力を抱いたのである。

すなわち、まず第一に、会社の規模が従業員五百余名程度の中小企業とはいえ、常務取締役としての立場で会社の経営について、担当業務を中心に責任を持って関与できることは、やり甲斐のある仕事であろうし、経済研究所の一員として資料を分析している現在の仕事より面白いかもしれないこと。

第二には、担当することになる業務部門は、一応の知識と経験もあるので格別の不安はないし、それに会社の事業内容が、今日的な先進的な産業である半導体関連のメーカーであることは、今までに経験のない面白そうな業界であるように思えること。

第三には、残された人生の経験としても、サラリーマンとしての経験しかないこれまでよりも豊富な経験ができるように思えること。

……などと、大和田瓶迷には思えたのであった。

そして翌週、大和田瓶迷は、理事長へ「お引き受けします」との旨返事をしたのであった。

第一章　子会社の誕生

「旭エレクトロニクス株式会社」（業種…計測器製造《半導体テストシステム》、本社…東京都、資本金…五億円、年売上高…二百億円余、従業員…五百五十名余）は、大手の総合電機メーカーである芝浦工業㈱から、子会社として扱われている。

「扱われている」という意味は、正確には商法に定める子会社（A社がB社の株式の過半数を所有している場合、B社をA社の子会社、A社をB社の親会社という）には該当しないからである。なぜなら、芝浦工業㈱の所有する「旭エレクトロニクス株式会社」の株式の割合は五〇・〇％であり、ギリギリのところで過半数ではないからだ。

しかしながら、芝浦工業㈱では、本社の「関連企業部」において、旭エレクトロニクス㈱をもほかの五十余の正式な子会社と同様に「子会社」として扱い、もろもろの経営管理（子会社管理）および経営指導（子会社指導）を細かに行っている。

ところで、旭エレクトロニクス㈱の株主総会には、いつも二名の株主しか出席しない。二名のうちの一名は、もちろん芝浦工業㈱であるが、もう一名は富士コラーゲン㈱である。実は、富士コラーゲン㈱も、旭エレクトロニクス㈱の五〇・〇％の株式を所有しているのだ。

すなわち、旭エレクトロニクス㈱は、芝浦工業㈱と富士コラーゲン㈱との二社が折半して出資している会社なのである。したがって、株主は現在は二名しかいないのだ。

旭エレクトロニクス㈱の生い立ち……富士コラーゲン㈱・芝浦工業㈱との関係

旭エレクトロニクス㈱は、戦時中に陸軍通信技術研究所の所長だった山崎少将（京都帝国大学工学部出身）が、終戦後になってから、当時の同研究所の技術将校や陸軍航空技術研究所の技術将校たちに声を掛けてベンチャービジネスとして発足した個人企業だったが、通信機や電子技術に優れていたところから芝浦工業㈱からの受注が始まった。

株式会社としての創業当初には、山崎元少将と親しかった原宗一郎氏（大倉山商事の創始者）の支援から大倉山商事の関連会社である富士コラーゲン㈱が九〇％出資し、芝浦工業㈱が一〇％出資したことから、芝浦工業㈱との資本関係が始まり、その後徐々に芝浦工業㈱が富士コラーゲン㈱から当社の株式の譲渡を受けたり増資の引き受けをしたりして、現在では五〇％まで所有するに至っているのである。

一方の株主である富士コラーゲン㈱は、自社の事業と旭エレクトロニクス㈱の事業とは何も関係はないのだが、系列の親会社大倉山商事の指示により旭エレクトロニクス㈱設立時に九〇%の大株主として参加した手前、五〇%を超えてまで芝浦工業㈱に経営権を譲渡する考えは目下のところはないようであり、株主としての立場は、今でも芝浦工業㈱と対等の立場を保っているのである。

富士コラーゲン㈱は、株式市場では二部上場の中堅会社、一方の芝浦工業㈱は一部上場の国際的な大手総合電機メーカー。この両社が、旭エレクトロニクス㈱の経営面では対等の株主関係にあるという構図が面白いところなのだ。

芝浦工業㈱の戦略

芝浦工業㈱側としては、いずれは旭エレクトロニクス㈱を一〇〇%の子会社にしたいのだが、当面はその申し入れを富士コラーゲン㈱に言い出せないでいる。

何しろ芝浦工業㈱は、旭エレクトロニクス㈱の技術と生産力を安く利用しようとする立場だが、富士コラーゲン㈱の方は四十数年も前の創業時から、配当金以外には見返りがないのに、それも長らくの間は赤字経営で無配当が続いたにもかかわらず、人材提供や資金援助を続けてきて、今日の旭エレクトロニクス㈱を育ててきた育ての親の立場にあるのだから、芝浦工業㈱としても一挙に富士コラーゲン㈱から旭エレクトロニクス㈱を取り上げる手段には出られないのだ。

とはいえ、芝浦工業㈱では、着々と乗っ取りの（富士コラーゲン㈱側に手を引かせる）手を打っているのも事実なのである。

富士コラーゲン㈱の譲歩

そんな両者の事情から、旭エレクトロニクス㈱の取締役（十名）および監査役（二名）の選任は、原則として両社からそれぞれ半数ずつ推薦することとしているのだが、実態としては最近では芝浦工業㈱側から連続して社長を選出している上、従業員（プロパー）側からの取締役登用を認めることとした時の取締役の枠は富士コラーゲン㈱側の枠から提供しているなど、運営面では富士コラーゲン㈱側が芝浦工業㈱側にかなり譲歩しているのが今日の実態ではある。

芝浦工業㈱が旭エレクトロニクス㈱を完全な子会社としたい理由

　このように、芝浦工業㈱が、旭エレクトロニクス㈱を実質的に子会社として扱い、経営管理している理由は、芝浦工業㈱の半導体製造過程で欠くことのできない機器である「半導体テスター（半導体テストシステム）」数百セットのうち、そのほぼ九割の機器は、日本計測機器㈱や安西電機㈱などの計測機器専門大手メーカーのいわゆる市販品（既製品）を使用しているが、その他の約一割のテスターについては、芝浦工業㈱独自の高水準テストシステムとして、半導体開発事業本部の特注品を、旭エレクトロニクス㈱に開発させた「半導体テスター（半導体テストシステム）」を用いて、次世代用半導体等の先進的な技術のテストに充てているからなのである。

　漁業無線や魚群探知機の製造依頼から始まった、芝浦工業㈱と、旭エレクトロニクス㈱との関係は、今では芝浦工業㈱の半導体部門に欠かせない関係（実質的な子会社）にあり、旭エレクトロニクス㈱は芝浦工業㈱の半導体製造面で高度な技術の一端を担っているのである。

　この結果、旭エレクトロニクス㈱の売上高の七割以上が芝浦工業㈱向けとなっており、三割弱が国内他企業向けやイギリス、ドイツ、韓国向け等の輸出（半導体テスター）による売り上げとなっている。

第二章　子会社の役員とその力関係

役員の枠配分

旭エレクトロニクス㈱の役員の定数は、取締役十名、監査役二名、そのほかに会長、顧問、を置くことができる規定になっている。

役員の選出は、富士コラーゲン㈱側と芝浦工業㈱側から半数ずつ出すことに両社で申し合わされているが、数年前からは、プロパー従業員からも役員に登用することがプロパー従業員の士気高揚策として必要だろうということから、プロパー従業員からも一名取締役を選出することになった。その枠は富士コラーゲン㈱側が提供しているので、当初の役員の色分けは、富士コラーゲン㈱側取締役四名、芝浦工業㈱側取締役五名(のちに四名)、プロパー従業員側取締役一名(のちに二名)。監査役は、富士コラーゲン㈱側からと芝浦工業㈱側からそれぞれ一名となっている。

この役員のうち、代表取締役は二名で、富士コラーゲン㈱側から一名(非常勤で、富士コラーゲン㈱社長が兼務)芝浦工業㈱側から一名(社長)となっているが、常勤の役員としては、社長(芝浦工業㈱出身)と常務取締役二名(富士コラーゲン㈱側から一名、プロパーから一名)、取締役一名(芝浦工業㈱から当社の半導体計測技師長として就任)の四名(のちに五名。プロパーの取締役が営業部長に就任)であり、ほかの取締役六名(のちに五名)と監査役二名は非常勤で、いずれも両社の現役の役職員が兼務している。

このような役員の配分状況、特に常勤役員の配置(担当部門)状況は、代表取締役社長と半導体計測技師長に芝浦工業㈱側の取締役を充てることによって芝浦工業㈱側で要所を押さえている上、二人の常務取締役のうちのプロパーの枠から選出されていることになっている取締役である井浦常務は、職員のころから芝浦工業㈱側と殊の外親しい関係(芝浦工業㈱の関係者と親しくして自己の地歩を築いてきた)にあり、取締役に抜擢されてからも、さらに常務に昇格してからも、芝浦工業㈱にとって関心の深いポストであるところの営業部門担当および製造工場部門を担当してきており、プロパー従業員の代表選手というよりは芝浦工業㈱側ともいえる人物である。このため、社長と技術部門と製造部門と営業部門の各要所要所はすべて芝浦工業㈱側の取締役によって抑えられているという構図になっているのが、役員配置(担当部門)の実態である。

芙蓉銀行から役員に迎える

役員配分・配置（担当部門）面で、芝浦工業㈱側が抑えていない部門、逆に言えばどうにか富士コラーゲン㈱側が抑えている部門は、今日では「経理」と「総務」しかないが、少なくとも経理および総務部門担当の常務取締役だけは、創業当初から富士コラーゲン㈱側から選出していた。

ところが、昭和五十四年五月の役員改選時には、富士コラーゲン㈱側には自社にも関連会社等にも、旭エレクトロニクス㈱の経理・総務担当取締役に送り出す適当な人材が見つからなかったので、部長クラス（経理部長と総務部長）には関連会社二社の職員から適任者を出向させたものの、取締役には、富士コラーゲン㈱および旭エレクトロニクス㈱のメインバンクであるところの芙蓉銀行に人材提供を依頼し、芙蓉銀行支店長経験者を迎えることにしたのだった。

芙蓉銀行出身役員の姿勢と問題点

そんな役員配分・配置（担当部門）の形で八年が過ぎたが、この間、富士コラーゲン㈱側（芙蓉銀行出身）のただ一人の常勤役員である経理・総務担当の佐原取締役（昭和六十年六月、常務取締役に昇格）は、富士コラーゲン㈱側からの選任という立場を蔑《ないがし》ろにして、選任された母体であるはずの富士コラーゲン㈱に対して旭エレクトロニクス㈱の経営内容等の情報提供を怠りがちであったため、肝心の富士コラーゲン㈱側としては、旭エレクトロニクス㈱の経営情報が乏しくなってしまったのだった。

また、佐原常務は、自分の出身銀行側に立ってのやや強引とも言える業務運営の姿勢（メインバンクとしてのシェアー拡大方針）を取ったため、芙蓉銀行としては、佐原常務を送ったことで、旭エレクトロニクス㈱のメインバンクとしての立場を強固にすることができたのだった。

ところがこのことは、のちのちまで弊害を及ぼす結果となったのである。

たとえば、佐原常務の在任中の時期には、旭エレクトロニクス㈱横浜工場建設という大きなプロジェクトがあったが、この建設資金の調達に当たって、これまでの旭エレクトロニクス㈱の取引銀行四行（芙蓉・勧一・四井・神陽）のシェアーバランスが大きく崩れ、芙蓉銀行に一段と有利になってしまったことから、四銀行間にしこりが生じ、その後において、旭エレクトロニクス㈱の資金調達および資金繰り操作面で、後任の大和田常務取締役（経理・総務・人事部門担当）が大変に苦労することに繋がったのである。

また、佐原常務は、さらには、横浜工場の建設資金（約十億円）を、出身銀行の芙蓉銀行からの短期資金のころがしで借りたために、その後大和田常務の代になってから、本来の長期の安定資金（設備資金）としてメイン、準メイン銀行から借り換えることや、社債（私募債）発行に切り替える際の私募債引き受けシェアーの割り振りなどでも、大変な苦労をしたのだった。

このような佐原常務の業務運営姿勢の問題点に気がついた富士コラーゲン㈱側では、佐原常務の四期目の任期満了の時期（昭和六十二年六月）を契機に、自社から経理・総務部門担当の常務取締役を送り出す方針を決め、芙蓉銀行からは引き続き芙蓉銀行の人材を送りたいとの強い要請があったのに対して、いろいろな理由を持ち出してメインバンクとしての芙蓉銀行との関係を損ねないように配慮しつつも、芙蓉銀行からの人材送り込みの要求をようやくにして断ることができたのだった。

八年間の空白、経営体制の狂い

この間の八年間もの長い間、実質的に富士コラーゲン㈱からの常務取締役がいなかったことは、富士コラーゲン㈱側に大きな禍根を残したのだった。

なぜならば、この八年の間に、旭エレクトロニクス㈱の経営体制が大幅に狂ってしまっていたのである。

富士コラーゲン㈱側常務取締役の交代

富士コラーゲン㈱側としては、芙蓉銀行からの常務取締役送り込みを断ったものの、自社からの後任の常務取締役選びはそれほど簡単には進まなかった。

富士コラーゲン㈱内部に、旭エレクトロニクス㈱の経理・総務・人事部門を担当する常務取締役としての適任者がいないわけではないが、かといってその者を出向させてしまっては、富士コラーゲン㈱自体の社内の人事配置が手薄になるし、ということで、結局は人材にゆとりがなかったのである。

従業員数三万数千人というマンモス企業の芝浦工業㈱ならば、子会社への出向者も社内人事ローテーションに織り込んで自由かつ積極的に送り込めるが、従業員数九百人余のうち事務部門は数十人足らずの富士コラーゲン㈱が芝浦工業㈱と同じように人材派遣ができるはずはないのである。

富士コラーゲン㈱では、困った挙げ句の果てに、後藤常務取締役（旭エレクトロニクス㈱の監査役も務めている）の責任で外部から人材を探すことになり、その結果、後藤常務の友人が理事長を務めている常磐橋経済研究所の研究員・大和田氏（五十六歳）をスカウトすることになったのである。大和田氏は同研究所入りの前は日の丸銀行の職位者だったので、金融および経理関係に明るい上、支店の経営に携わったことと職場管理の経験も豊富なので、旭エレクトロニクス㈱の経理・総務・人事部門担当の常務取締役としては適材と思われたからだ。

大和田常務の就任

このようにして、富士コラーゲン㈱とも芝浦工業㈱とも芙蓉銀行とのいずれとも縁のない大和田氏が、昭和六十二年六月の旭エレクトロニクス㈱の株主総会において、富士コラーゲン㈱側の枠の取締役に選任され、株主総会後に開催された取締役会で常務取締役に就任し、社長の任命によって経理・総務・人事部門を担当することになったのだった。

富士コラーゲン㈱側としては、役員の枠の確保と経理・総務・人事部門担当の常務取締役のポストも維持（確保）できたので一応安堵したが、このところの旭エレクトロニクス㈱社内の動きについての情報不足の状態が、富士コラーゲン㈱出身ではない全くの第三者である大和田新常務取締役の就任によってどれほどに改善されるかについては、なお一抹の不安が残っていたのは否めなかった。

第三章　富士コラーゲン㈱　対　芝浦工業㈱

芝浦工業㈱側の作戦勝ち

富士コラーゲン㈱側から出向している旭エレクトロニクス㈱の役職員は、従来は常務取締役・総務部長・経理部長の三人だったが、昭和六十二年四月には経理部長のポストが急きょ、富士コラーゲン㈱からの出向者から芝浦工業㈱からの出向者に変えられた。

これは、同年六月から経理担当の常務取締役が芙蓉銀行出身者から富士コラーゲン㈱の推薦する新常務取締役（大和田氏）に変わることになっていたことに対して、芝浦工業㈱側が先手を打った対抗戦略である。

もちろん、この経理部長の更迭については、事前に芝浦工業㈱側から富士コラーゲン㈱側に相談はあったが、富士コラーゲン㈱側としても常務取締役を芙蓉銀行から受け入れていたのを自社から送り出すことに変更することについて芝浦工業㈱側の承諾を得た直後のことでもあり、経理部長の更迭を断ることができなかったのだ。

それにしても、芝浦工業㈱側の作戦勝ちであった。

というのは、芝浦工業㈱としては、従来は経理部長も経理担当常務も富士コラーゲン㈱側に抑えられていたのを、経理担当常務は引き続き富士コラーゲン㈱側ではあるとはいえ、実務担当の経理部長を芝浦工業㈱からの出向者に変えてしまったのだから、その違いは大きいのである。そして、ゆくゆくは、旭エレクトロニクス㈱のメインバンクを芝浦工業㈱のメインバンクと同じ四井銀行に変更しようとの狙いもあるのだ。

このため、富士コラーゲン㈱側の常務取締役として就任した大和田常務取締役は、直属の部下である経理部長が従来は自分と同じ富士コラーゲン㈱側からの出身者であったのが芝浦工業㈱から出向の経理部長となってしまったことから、手足を（部下を）もがれてしまった感じとなったのである。

そしてこのことは、後日において、実際に大和田常務にとって経理部門管理の支障となった。

すなわち、芝浦工業㈱側出身の経理部長は、上司であるはずの経理担当大和田常務（富士コラーゲン㈱側）を飛び越して身内の芝浦工業㈱側出身の桑名社長と直接に物事を決めてしまうことが多くなったのであった。

主要ポストを芝浦工業㈱側で占める

このようなことから、それまでは、社長、製造部門、研究開発部門、営業部門を抑えていた芝浦工業㈱側は、経理部門までも実質的に抑えた格好になったのである。

この結果、芝浦工業㈱側が抑えていない部署（残っている部署）は、総務部門だけとなった。

このことは、その後、富士コラーゲン㈱側にとって、また、新任の大和田常務取締役の業務活動の面で、大きな障害となっていく。

すなわち、常勤役員のバランスでは、富士コラーゲン㈱側は大和田常務取締役一人だけであるのに対して、芝浦工業㈱側の常勤取締役は、桑名社長と、プロパー出身ではあるが実質的には芝浦工業㈱側である井浦常務取締役と、半導体計測技師長の山村取締役との三人。すなわち一対三。

また、部長クラスでも、富士コラーゲン㈱側からの出向者は総務部長ただ一人なのに対して、芝浦工業㈱側からは、経理部長、人事部次長、資材部長、生産技術部長の四人が占めており、一対四となっている。

本社組織の上では、経理部のほか、総務部も人事部も大和田常務取締役の担当であるから、人事部次長が芝浦工業㈱からの出向者であっても、組織上は大和田常務取締役の管理下であるはずである。ところが人事部業務の中でも、給与を含む労務対策については、芝浦工業㈱本社の労働部から子会社としての旭エレクトロニクス㈱の人事部次長（芝浦工業㈱からの出向者）に対して直接に、人事部長嘱託である常務取締役（富士コラーゲン㈱側の大和田常務）も桑名社長（芝浦工業㈱出身）をもそっちのけで「今年の春闘の賃上げ回答は四・一％以内とすること」などとの指示が入るのだ。

ことほど同様に、ほかの部署における芝浦工業㈱からの出向者（または出身者）との間でも、親会社（芝浦工業㈱）の本部と親会社からの出向者（または出身者）との結びつきは、まことに強力であり、子会社の当該部署の業務のほとんど全般が実質的に親会社芝浦工業㈱の本部の各部門部署によって握られている。

この結果は、たとえば、資材部（部長は芝浦工業㈱出身）は、親会社からの部品調達価格を高く買わされ、営業部（プロパー部長だが親会社と親密な関係にある）では親会社には安く売らされるなどにより、旭エレクトロニクス㈱の収益面でのうま味も、かなりの部分が芝浦工業㈱に吸い取られる仕組みになっているのである。旭エレクトロニクス㈱は芝浦工業㈱の完全な子会社ではないのに、富士コラーゲン㈱という五〇％出資のパートナーがいるのに、だ。

このような芝浦工業㈱側からの子会社旭エレクトロニクス㈱の主要部署への人材派遣の徹底ぶりや業務運営面での関与や管理の強化ぶりに対して、富士コラーゲン㈱側では、大和田常務取締役と西田総務部長の二名を派遣しているのみであるが、このような環境の下において昭和六十二年六月に富士コラーゲン㈱側から就任した大和田常務取締役の抱いた直感的な感想は、芝浦工業㈱側による旭エレクトロニクス㈱乗っ取り工作がいよいよ最終仕上げの段階にきているように思われたのであった。

大和田常務による旭エレクトロニクス㈱経営の現状分析

六月下旬に就任した大和田常務取締役は、二カ月後の八月末には、旭エレクトロニクス㈱

の経営上の諸問題について現状分析したレポートを作成し、旭エレクトロニクス㈱の富士コラーゲン㈱側の代表取締役である伊東社長と、同じく旭エレクトロニクス㈱の監査役をしている富士コラーゲン㈱後藤常務取締役にあてて、提出した。

大和田常務がそのレポートに指摘した旭エレクトロニクス㈱の問題点とは、

①経営権は形式的には富士コラーゲン㈱と芝浦工業㈱が五分五分となっているものの、経営の実態および日常の業務運営は完全に芝浦工業㈱の完全な子会社として扱われており、芝浦工業㈱本部の支配下に置かれてしまっていること。

②主要人事ポストについては、プロパーの人材が育っていないとの理由から、富士コラーゲン㈱側から出向の私（大和田）と西田総務部長以外の主要ポストには芝浦工業㈱が積極的に派遣してきており、芝浦工業㈱人事のローテーションに組み込まれていること。

現在は富士コラーゲン㈱側となっている総務部長ポストについても、芝浦工業㈱側から派遣したがっていること。その実現を後押しするかのように、いろいろな面で芝浦工業㈱と示し合わせて行動している節が多い井浦常務（プロパーのボス）が、旭エレクトロニクス㈱の部課長会議の席上その他の場面で、富士コラーゲン㈱から出向してきている西田総務部長に対して、当社にいづらくなるようなイジメ的な発言を頻繁にしていること。

また、さらには、私（大和田常務取締役）のポストについても、芝浦工業㈱のメインバンク（四井銀行）から入れたがっていること。
③以上のような動きから推察すれば、芝浦工業㈱側には、要するに「富士コラーゲン㈱には金だけ出してもらっていれば良い、経営内部には口出しするな」との態度が、あからさまに見られること。
④一方、現在開発中の新型高性能の計測器（半導体テスター）の開発は予定より相当期間遅れており、売り上げ計上の遅れから来年度以降の収益はかなり減少することが見込まれること。
⑤開発の遅れの主因は、今日求められているような高性能機器の開発に当たっては、研究開発部の組織を挙げての総合力が要請されるにもかかわらず、現状の旭エレクトロニクス㈱の開発システムは、総合力というよりも旧来型の個人的能力に頼る方式が続けられているように見られること。

　これには、開発部をも管轄している工場長（井浦常務取締役）の古典的な経営姿勢（たとえば、専制君主的で組織を蔑《ないがし》ろにする上、部下を大声で面罵するなどの威圧による従業員の萎縮等）が大きく影響しており、芝浦工業㈱から出向してきている半導体計測技師長（山村取締役）と開発担当者との間の人間関係もしっくりしていない面が大きいように思われること。

　とにかく今後における当社の発展のためには、ボス（井浦常務）による支配体制からの早急な脱却が肝要であること。

⑥また、当社には、半導体計測器部門のほかに情報機器部門があるが、情報機器部門はここ数年もの間赤字が続いていること。しかしながら現状何の対策も講じられようとしていないので、このような長期の不採算部門の赤字解消策を（事業内容の転換も含めて）真剣に検討する必要があること。

　大和田常務から、就任後わずか二カ月にして、大要このような経営分析的なレポートの提出を受けた富士コラーゲン㈱では、まずその内容が、これまでに聞かされていたところの旭エレクトロニクス㈱の経営内容よりも、想像以上に厳しい見方で捉えられていることに驚いたが、テスターの新機種開発の遅れは事実のようであることは感じていたことでもあるので、引き続き適切な情報を提供してほしい旨、大和田常務に要請したほか、今後の活躍を期待したのだった。

第四章　三つ巴《どもえ》の闘いと「経営会議」

言うまでもないが、現状の旭エレクトロニクス㈱の役職員は、富士コラーゲン㈱出身者および関係者と、芝浦工業㈱出身者、旭エレクトロニクス㈱が直接採用（雇用）したプロパーの職員とによって、構成されている。

とは言っても、芝浦工業㈱や富士コラーゲン㈱からの出向者（派遣役職員）は、旭エレクトロニクス㈱の全役職員五百五十名余のうちの十数人でしかない。が、その十数人が当社組織（ポスト）の要所を占めているために、会社運営上に及ぼす影響は極めて大きいのである。

プロパー側のボスの画策

しかしながら、そのような人事配置にありながらも、プロパーの代表者である井浦常務がプロパー職員たちのボスとして存在していることも確かである。

井浦常務をはじめプロパーの人たちには、富士コラーゲン㈱や芝浦工業㈱からの出向者を排除しようとの気持ちが大きいことも事実であるし、井浦常務および井浦常務がボスとして君臨している部課長数人のグループでは、旭エレクトロニクス㈱の実質上の実権を握ろうといろいろ画策していたのである。

無知蒙昧な愚挙、責任を負えない素人集団が「経営会議」を運営執行

その一つの手段が、「経営会議」という名の「常勤役員と部課長の会議」の発足である。

一般の会社では、会社運営の基本的事項は、株主総会を除けば「取締役会」で決められ、日常の運営や具体的案件の検討決定等は「常勤取締役会」とか「常務会」（常務取締役会）で行われるのが通常の会社運営の在り方である。そして、これらの決定機関を「経営会議」と名付けているところも多い。

ところが、旭エレクトロニクス㈱では、従来は「常務会」（社長、専務、常務による会議）で決定していた経営の執行を、前社長（長谷氏）の時代になってからは、部課長まで加えた「常勤取締役と部課長の会議」を「経営会議」と名付けてしまった。そしてこの「経営会議」という名の「常勤取締役と部課長の会議」をもって経営の決定機関として位置付けて、会社のすべての基本施策から規定の制定までのあらゆる決定を、この「常勤取締役と部課長の会議」の経営素人の多い集団で、素人の多数決で（実態は、部課長のほとんどが子分である井浦常務の発言で）決定するという経営体制にしてしまったのである。

そしてまた、事もあろうに、同時に「稟議書《りんぎしょ》制度」が廃止されたのである。

要するに、それまでは「常務会」（社長、専務、常務による会議）で握っていた「会社運営の権限」を、経営には素人である「技術畑専門の部課長」に与えたのである。しかも会社経営の法律論・権限論・組織論からみても経営に責任を持てない立場にある「部課長」に「会社経営」の決定権限を持たせて参画させ、素人集団の多数決で執行することにし、その「常勤取締役と部課長の会議」を「経営会議」として位置づけてしまったのだ。

これは、井浦取締役（その後常務に昇格）の「常務会のような中央集権制度は良くない。会社のことは現場の部課長が一番良く知っているから、部課長会で決めるのが一番」との思想を、前社長（長谷氏）が採用してしまったのである。驚くべき「無知蒙昧な愚挙」というほかはない。

しかも、同時に「稟議書《りんぎしょ》制度」までも「中央集権的だ」との理由で廃止してしまい、すべての事柄はその「経営会議」（常勤取締役と部課長の会議）の場で口頭で決裁され、正式な議事録もない（総務部長が作成しているメモのコピーが、後日、メンバーに配布されるのみ）のであるから、議事の決裁に誰が賛成し誰が反対したかなども不問のままであり、会社経営の責任の所在たるや全く曖昧模糊《あいまいもこ》とした会社運営となってしまったのである。

大和田常務が就任した当時の旭エレクトロニクス㈱の経営体制は、このように、驚くほどに狂っている状態になっていたのであった。

井浦常務が「経営会議」の実権を握る

このようにして「経営会議」は、井浦取締役（現在は常務）の入れ智恵によって前社長（長谷氏）の時から始まったのである。

振り返ってみると、長谷社長の就任時期と、プロパーからの取締役に井浦取締役が選任された時期は、同じ時期の昭和五十四年五月のことだった。長谷社長と井浦取締役の結びつきはそれ以降強まっていき、最初のうちは長谷社長の指導力が前面に出ていたのであるが、徐々に井浦取締役が長谷社長にうまく取り入り利用する形でプロパーのボスぶりを発揮するようになり、経営の要所を井浦取締役（後に常務）が牛耳るようになったのである。

「経営会議」発足の動機

昭和五十四年五月に、井浦取締役が就任して真っ先に考えたことは、従来のように「常務会」（社長、専務、常務による会議）で経営の基本施策を決定されたのでは、井浦取締役は「平取締役」であるため参画する資格がないので、長谷社長を説得して、課長以上で構成する「経営会議」を発足させて、社員参加による「経営会議」の名の下に自分がプロパーのボスとなって会社の運営を取りしきろうということだったのである。

部課長クラスのような経営に責任のない（責任を負えない）者たちを、「経営会議」と称する経営の決定権を持つような会議のメンバーに加えて、役員と同じ決定権限を与えているということは、経営のなんたるかを弁《わきま》えていない「無知蒙昧な愚挙」である。

「経営会議」という耳障りのよい名称を借りてきて、実質は「常勤取締役も入れた部課長会議」（部課長の方が人数が多い）で、いかにも民主的な会社運営をしているかのように見せようとの経営素人の独断偏見がまかり通ってしまったのであった。

この結果、社長の指導力は弱まるし、富士コラーゲン㈱側から推薦されている役員の佐原常務（当時は取締役）も、追いやられたかたちとなり、実質的には発言を封じられてしまったのも同然になったのであった。それが井浦常務の狙いでもあった。

また、「経営会議」の発足に合わせて、それまで社内の決裁制度（社内稟議《りんぎ》制度）として存在していた「稟議書《りんぎしょ》」（部長→担当常務→別の常務→社長による決裁方式）は廃止されてしまい、本来ならば「稟議書《りんぎしょ》」による重要な決裁事項も「経営会議」の場で、経営に責任のない（責任を負えない）素人集団の多数決で決めてしまう方式（組織）になったのである。しかも、正式な議事録もないのである。

経営計画・経営戦略・営業政策・設備投資計画・生産計画をはじめ、営業・生産・技術部門の諸々の方針や規則、総務・人事・経理部門等の内部管理関係の方針や手続き規定までも「経営会議」で決められることになり、しかも「経営会議」の運営は井浦常務（当時は取締役、昭和六十年から常務取締役）が実権を握ってしまったのである。

この「経営会議」の発足、「稟議書《りんぎしょ》制度」の廃止は、昭和五十七年二月に、当社の創立三十周年を迎えた機会に行われた社内制度の改正の時期からだった。

大和田常務に言わせると、旭エレクトロニクス㈱の経営体制・内部体制はその時から狂ってしまったということになる。「見直し改正」どころか「見直し改悪」されたのだ。

経営に責任を負う立場にない「部課長」を「経営会議」のメンバーとして決定権限（発言と議決権）を与えて多数決で会社の基本事項や運営を決めるなどという、言語道断な無知蒙昧な制度を作り、運営してきた長谷社長と井浦取締役（後に常務）の責任は重大というべきである。

富士コラーゲン㈱側の常務（当初は取締役）だった佐原氏（芙蓉銀行出身）の責任も、これまた見過ごせない。

しかも、井浦常務は、裏で身内の部下たちに手を回し、各部課長が「経営会議」に持ち出す予定の審議案件や話題は、事前にボスである井浦取締役の耳に入れて了承を得ておくようにさせてしまったのだ。

お人好しの長谷社長は、このことに気付いていなかったし、後任の桑名社長も芝浦工業㈱

では優秀な技術者ではあったとしても経営者としては全くの素人と言ってもよい人物であったから、前社長同様に経営のノウハウや会社の内部事情（裏の事情）には疎《うと》かったため、これまでの習慣（井浦常務の作った）に従って井浦常務の主張に頼らざるを得ない形で日常の諸事が進められ、大和田常務の提案・進言を検討する心の余裕がなかったようだった。

第五章　「経営会議」と孤軍奮闘の大和田常務

大和田常務就任時の役員の勢力分野

昭和六十二年六月の旭エレクトロニクス㈱社株主総会において、取締役の改選が行われた。

その結果、常勤役員は、桑名社長（新任）、井浦常務（重任、営業部長・横浜工場長嘱託）、大和田常務（新任、人事部長嘱託、総務部・経理部・人事部担当）、須山取締役（新任、経理部長嘱託）、山村取締役（重任、半導体計測技師長嘱託）の五人となった。芝浦工業㈱側三人（社長、経理部長、技師長）、富士コラーゲン㈱側一人（大和田常務）、旭エレクトロニクス㈱プロパー一人（井浦常務）という内訳である。

この役員の構成をみた大和田常務は、旭エレクトロニクス㈱のようなプロパーの従業員の技術に成果の多くを期待する経営組織体において、プロパー出身役員（の枠が）一名しかないということは、プロパー従業員の士気高揚の面からも適当ではないと思ったのであった。

そのため、後日のことであるが、大和田常務はプロパー出身役員の数を二名とするように提案し、次の株主総会で実現したのであったが、大和田常務が推挙したプロパーの人物（飯山氏）は、大和田常務が推挙してくれたから取締役になれたことを知るや知らずや、大和田常務に対して「恩を仇《あだ》で返す」ような「大和田常務排斥運動」を陰でこっそりと行っていたのであった。

プロパーの井浦常務も芝浦工業㈱側に

井浦常務は、プロパーの代表者として取締役に選任されてから、「経営会議」(常勤取締役と部課長の会議)を発足させて、部課長たち子分を引き連れて着実に実権を握り、常務取締役になってからはなお一層ボスぶりを発揮してきたことは、既に触れてきたが、役員としての立場も、プロパーとして中立というよりは完全に芝浦工業㈱側に立っていた。それが己の保身に都合がよいからである。

さらには、井浦常務は、大和田常務の前任者の佐原常務取締役(富士コラーゲン㈱側の取締役ではあるが、芙蓉銀行出身で、芙蓉銀行に利益をもたらすことを自己の使命としている人物)に対しても、芙蓉銀行出身であったことを幸いにして、富士コラーゲン㈱側からの常勤役員はいないと同様に振る舞ってきており、井浦常務の佐原常務取締役に対する接し方は、まるで部下のようにあしらっていたようであった。

したがって、井浦常務は、旭エレクトロニクス㈱プロパーの出身でありながらも、旭エレクトロニクス㈱を今日まで資金的に支えてきたのは富士コラーゲン㈱であるとの恩義などはまったく感じておらず、今や富士コラーゲン㈱は邪魔者であるかのごとくに社内でも吹聴しているのであった。

その一例が、富士コラーゲン㈱からの出向者である西田総務部長に対して「お前は富士コラーゲン㈱に帰れ、総務部長は芝浦工業㈱から来てもらった方がいい」などと、公然と本人の前でも「経営会議」の席上などでも大声で言っている状況だった。

大和田常務は多勢に無勢

このように、常勤役員六人中の五人までが実質芝浦工業㈱側、富士コラーゲン㈱側は大和田常務ただ一人という状況の中で就任した大和田常務であったが、まず真っ先に気付いたのは、毎週月曜日の午前九時から開催される「経営会議」の不思議な存在についてだった。

大和田常務は、その「経営会議」の運営の実態が分かってくるにつれて、そのおかしな存在に我慢がならなかったのだが、役員と部課長二一人で構成されている「経営会議」の中で、富士コラーゲン㈱側メンバーは大和田常務と西田総務部長との二人だけでは、いかにも多勢に無勢であった。

しかし、大和田常務は、就任後四カ月ほど経った時の「経営会議」の席上で、「権限規定」の制定と「稟議書《りんぎしょ》」による「社内決裁制度」の制定（復活）について提案したのである。しかもこの提案について大和田常務は、事前に桑名社長に対してその必要性について、他社の事例まで例示して説明し、「提案」に社長の同意を得ておいたのであった。

井浦常務の威圧行動

ところが、「経営会議」の席上では、井浦常務の猛反対と、これに呼応した手下の部課長たちによる反対の大合唱に遭い、事前に「賛成同意」を得ておいたはずの桑名社長からの発言は一言もないままに、押し潰《つぶ》されて否決されてしまったのであった。

その時の井浦常務の反対理由は、次のような趣旨であった。

「稟議書《りんぎしょ》制度は、中央集権的な制度であるから、四、五年前に廃止したのである。それに代わって『経営会議』で決めているのであるから、いまさら復活させる必要はない。中央集権的な制度は良くない。すべて現場に任せることにした方が良いのだ」

要するに、井浦常務の狙いは、「経営会議」という自分に都合の良い場で物事を決めて、自分のボスとしての権力を拡大することにあったのであった。

その結果、営業部や横浜工場（半導体計測器事業部）での井浦常務（営業部長兼横浜工場長）の振る舞い方は、まるで封建時代の「暴君（自分勝手で横暴な君主）」を思わせるようだったのである。旭エレクトロニクス㈱の時代遅れな経営体制は、井浦常務の就任で一層ひどくなっていたのだ。

その井浦常務は、富士コラーゲン㈱側（芙蓉銀行出身）の佐原常務取締役を軽くあしらってきていたので、佐原常務が退任して大和田常務に変わってからもその形（勢力関係）で進められるものと高《たか》を括《くく》っていたようであった。

井浦常務による大和田常務に対するその最初の見せしめが、大和田常務が「経営会議」に提出した「稟議書《りんぎしょ》」と「権限規定」の案を一撃の下に、潰《つぶ》したことであったのだ。

ボス井浦常務の率いる子分の一団も、「大和田常務恐れるに足らず」と喝采《かっさい》したようであった。

子分たちも脅し的態度に

大和田常務が「経営会議」に提案した「権限規定」の制定と「稟議書制度《りんぎしょ》」復活の提案を、一撃の下に潰《つぶ》したことで「大和田常務恐れるに足らず」と喝采《かっさい》した井浦常務の率いる一団の部課長たちは、それに味を占めて、その後の毎週月曜日の「経営会議」でも、大和田常務の発言には常に反発的であった。

しかし、大和田常務は、自らの信ずるところに従って、言うべきことは発言していたが、数週間後の「経営会議」の折にも、情報機器事業部の青島部長の報告の中で、メンテナンスの客扱いで不手際が繰り返されているように見受けられた問題について、大和田常務が「一時しのぎの対応を繰り返すのではなく、基本的に抜本的な対策を立てるべきではないのか」と発言したことがあった。

その発言は、「経営会議」の場では黙殺されてしまい、何の反応もなかったが、「経営会議」が終わって大和田常務が自分の部屋に戻ったところ、情報機器事業部の青島部長が押しかけてきて、「常務。ああいうことは言わない方が常務のためじゃないでしょうか。今後のこともあるので、一言《ひとこと》言わせていただきに来ました」と脅《おど》しをかけられたのであった。

「凄《すご》い会社だなあ」と大和田常務は思ったが、大和田常務は、前任者の佐原常務とは違って、そんなことでビビッてしまうような性格の持ち主ではなかった。かえって、ファイトが出てきたとの思いであった。

大和田常務にとっては、「稟議書《りんぎしょ》制度」と「権限規定」の提案に対する井浦常務側陣営（ボスと子分）の反対の態度と理由を知り得て、また、建設的な提言に対して「余計なことを言うな」というような青島部長の脅《おど》しを受けて、旭エレクトロニクス㈱という会社が如何に封建的で、時代遅れな運営をしているかの実態認識ができた良いチャンスであったというべき思いだったのである。

井浦常務、大和田常務を警戒し始める

大和田常務が井浦常務や子分の部課長たちに認識を改めさせるチャンスは、幸いにも、間もなくしてやってきた。

それは、「論理的な思考力や分析力では、大和田常務には勝てない」と井浦常務が内心で認めざるを得ないような出来事であり、脅《おど》しをかけてきた情報機器事業部の青島部長にとっても、「指摘の鋭さ」に脱帽せざるを得ないような事柄だったのである。

ある日の「経営会議」の席上でのことだった。

青島情報機器事業部長から提出された最近の多摩工場（情報機器事業部門）の作業実績と損益見込みの計表を基にした話題の時のこと。説明した青島情報機器事業部長とそれに同意した井浦常務とその陣営(ボスの子分たち)、そして最後に桑名社長がその報告に了承を与えようとしかけた時の絶妙のタイミングを捉えて、大和田常務が「そういう分析の仕方は、おかしいのではないか……」と異議を申し立て、提出されていた計表と青島部長が説明した内容を引用しながら、情報機器事業部門の赤字体質について分析して説明し、立証したのだっ

た。

「この月次作業実績表によると、表面的には利益が出ているようになっているが、この数字はあくまでも売上高に対して材料費と作業時間相当の人件費を差し引いているだけのものだから、粗利益とも言えない粗っぽい利益を表している数字である。だから、この数字が黒字だから事業部の損益が黒字だと見るのは、全くおかしいのです」

「この表には、ずばりの数字は出ていませんが、私がこの表を使って財務分析の手法を使って固定費と変動費を計算して分析したところによると、情報機器事業部の損益分岐点、すなわち必要最低売上高は、月額七億五千万円となります。しかし、最近の情報機器事業部の売上高の推移をみると、この水準を、もう一年以上も割り込んでいます。ということは、情報機器事業部の損益は、月次ベースで見ても一年以上も前から実質赤字が続いているということなんです」

「それに、仕掛品はこの表にも出ていますからお分かりだと思いますが、一年以上も前から仕掛品残高が毎月増加傾向にありますね。月次の売上高が一年以上も低水準だというのに、仕掛品残高が増えているのです。このことはどういうことを意味しているのでしょうか？これは、重大な問題点なのです」

「そこで、青島情報機器事業部長にお伺いします。正直なところを教えていただきたいが、売り物にならない不良品とか、キャンセルになってきたような不良在庫が、この仕掛品の残高の中に相当に溜まってきているのではないのですか？」

「もしも、そんなことはないと仰るのでしたら、現在のこの仕掛品の数字は、今後毎月、何がどこへ納品出荷されて減少していくのか、月次の納品出荷予定の金額を教えてください。その数字がないのであれば、すなわち、出荷の見込みのない仕掛品の増加であるのならば、不良在庫だと言わざるを得ないでしょう。いかがですか？　これ以上申し上げるのは遠慮しますが、不良在庫の実態を明らかにして、赤字解消の根本的な対策を講じるべきでしょう」

その時の井浦常務と、その子分の部課長たちの驚きようと言ったらなかった。「稟議書《りんぎしょ》問題の時に叩いておいたから、もう俺に逆らうことはないだろう」と、前任者の佐原常務と同様に大和田常務をも見下していたのが、大逆転に遭ったのだった。

そして特に、仕掛品残高の増加している数字を捉えての不良在庫（売り物にならない在庫を多く抱えている）を指摘されて、青島情報機器事業部長がこれを認めてしまってからは、大和田常務に対する井浦常務の威圧的な態度と、子分の部課長たちの大和田常務をやや馬鹿にしていた態度は、この日を境にしてまったく消え、むしろ、畏《おそ》れの態度に変わって行ったのであった。

第六章　大和田常務の分析と損益の実態

損益分岐点と本社機能の弱体化のこと

情報機器事業部門（多摩工場）が実質的には累積赤字があることを大和田常務が「経営会議」（常勤取締役と部課長の会議）の場で発言できるまでには、実は、大和田常務は大変に苦労をしたのである。

というのは、旭エレクトロニクス㈱にはこれまで、各事業部ごとに損益分岐点を算出して損益状況を分析したようなことは、恐らく無かったからだ。

経理部から毎月、各事業部別の経理状況表が作成され「経営会議」のメンバーにも配布されていたが、その内容は、売上高とか材料費とか仕掛品といった、単に各科目や費目等の金額の羅列に止まっていた。

大和田常務は、旭エレクトロニクス㈱に入社するまではパソコンに触ったこともなかったパソコン素人であったが、一念発起して自宅用にパソコンを買い、会社から帰宅後に自宅で試行錯誤でパソコン操作を習得し、各事業部別に損益分岐点を計算できるほどに使いこなすべく研究をしたのである。

その結果、表計算ソフトを用いて、バラバラな計数項目を組み立てて経営分析するプログラムを作成し、ようやくにして各事業部ごとに月次の固定費や変動費までもパソコンで算出することができるようになり、損益分岐点も算定することができたのである。

これらの経営分析に際しての、諸経営比率等を求める分析の手法には、大蔵省方式や日本銀行方式などのいくつかの手法があり、たとえば「費用」を「固定費」と「変動費」に区分する方法にも違いがあるなどから、「損益分岐点」の計算結果にも多少の違いが生じるのだが、大和田常務は以前に日の丸銀行に勤務していた経験から、「日銀方式」の経営分析手法を用いて旭エレクトロニクス㈱の損益分岐点を算出することとして、自分のパソコンに計算式を設定したのであった。

ところで、なぜ、大和田常務は、事業部別の損益分岐点を、そんな苦労をしてまで自分で計算したのか？　それはスタッフがいないからだ。

旭エレクトロニクス㈱にとっては恥ずかしいことではあるが、当時旭エレクトロニクス㈱

には、これらの経営分析ができる人材はいなかったし、人員に余裕もなかったのである。
大和田常務が就任した当時の旭エレクトロニクス㈱の本部機能は、井浦常務の策略により、全く弱体化されてしまっており、本部の各部署の人員は日常の必要最低限の仕事に追われていて、大和田常務の命による新しい仕事を受け入れられる余裕はまったくなかったのだ。

旭エレクトロニクス㈱の本社組織や本部のスタッフは、以前はそれなりに充実していたが、井浦常務によって「本社の人員が多すぎる。穀潰《ごくつぶ》しの本部人員は減らすべきだ」との提案が当時の長谷社長に出され、総務部も経理部も人事部も大幅に人員が削減されてしまい、本社機能の弱体化が図られたのであった。

これも、井浦常務のボス体制確立のための策略の一つで、「経営会議」の設置や「稟議書《りんぎしょ》制度」の廃止と同じ考え、すなわち「本社の中央集権は良くない。本社機能は各工場に分散するべきだ」との考えに基づくものであり、本社機能の弱体化も、井浦常務による自己の権力の強化のための手法だったのだ。

それにしても、国際的な大手企業の子会社（旭エレクトロニクス㈱）において、何代もの社長が大手企業の部長級から天下りして運営執行していながら、近代的経営手法とはほど遠い経営が、行われていたのである。

そのような環境下、大和田常務は、損益分岐点等による旭エレクトロニクス㈱自身の経営分析をはじめ、同業他社（日本計測器、安西電気ほか）との経営指標の比較までも、自ら他社の資料を興信所から取り寄せて調査分析したのである。

また、さらには、月例の「取締役会」に提出する各種財務資料、たとえば「月次の比較貸借対照表」「月次の損益計算書」等も、自らパソコンで処理作成する手法を考案してプログラム（計算式）を作り、自ら算出作成して取締役会にも提出するようにしたのであった。

赤字部門の存在

このような大和田常務の努力の結果によって、情報機器事業部門（多摩工場）が、実質的には累積赤字があることを認めざるを得なくなった井浦常務ではあったが、表面的には不良在庫（売り物にならない在庫）ではないように繕われていることと、半導体計測器事業部では高利益をあげているところから、会社全体としては黒字決算を続けているために、「経営会議」の席上では、赤字部門改善の問題意識が乏しく、桑名社長をはじめ誰もが、この問題に真剣に耳を貸す気はないようであった。

そこで、大和田常務は、この多摩工場（情報機器事業部）部門の赤字問題を、その後の月例の「取締役会」において、分析結果の資料を添えて話題にしたのである。そして、そこでやっと、非常勤の取締役からも赤字改善の具体策を検討するべきであるとの賛同を得られたのである。

その時、積極的に賛同した発言者は、伊東代表取締役（旭エレクトロニクス㈱の株式五〇％を所有している富士コラーゲン㈱の社長）と、芝浦工業㈱側の白石取締役（半導体事業部の主査）の二人であったが、伊東代表取締役も白石取締役も、多摩工場（情報機器事業部）部門が長い間赤字の連続であった事実に驚くとともに、早期に改善を図るようにと桑名社長に促したのである。

赤字部門の発生原因

実は、部門別（半導体計測器事業部《横浜工場》と情報機器事業部《多摩工場》）の収益状況は、それまでは取締役会には一切報告されていなかった。部門別管理には、常勤取締役・非常勤取締役を問わず誰もが関心がなかったのだ。鷹揚な会社というべきか、経営に無知というべきか。

それで、大和田常務としては、あえて取締役会で話題にして、桑名社長や井浦常務などの常勤取締役にも赤字対策に真剣に取り組ませたかったのである。

特に、桑名社長に対しては損益状況把握と改善に関心を持って総括的な指導性の発揮を促すとともに、井浦常務に対しては営業部長としての立場からも多摩工場（情報機器事業部）の仕事の受注面で、より収益性のある仕事を受注することが肝要である点を再認識させたかったのである。

なぜならば、多摩工場（情報機器事業部）の仕事の大部分は芝浦工業㈱の府中工場や川崎工場や青梅工場などからの受注であるので、芝浦工業㈱のそれらの工場の関係者と昔から親密な間柄にある井浦常務が営業部長であるということは、受注価格に甘さがある（発注者の芝浦工業㈱側には有利）から赤字になっているのだと大和田常務は赤字原因を分析していたからである。

芝浦工業㈱側に有利となっている多摩工場（情報機器事業部）の赤字について、取締役会でなぜ芝浦工業㈱側の白石取締役が大和田常務の赤字削減の話題に賛成したのかと言えば、それは白石取締役は芝浦工業㈱の半導体開発事業部の代表者、すなわち旭エレクトロニクス㈱の半導体計測器部門への発注者としての立場にあるので、旭エレクトロニクス㈱の半導体計測器部門が多摩工場（情報機器事業部）部門の赤字を背負い込んでいるために、結果的に高い価格で買わされていることに繋がる、との考え（計算）にほかならない。

芝浦工業㈱の内部でも、各事業部門ごとに独立採算制がとられているので、そういう発想になるのは当然のことなのだ。

しかし、そのお陰で、大和田常務の赤字部門対策についての問題意識が取締役会で受け入れられたのは、幸いなことだったと言える。

ところが、この「情報機器事業部」（多摩工場）の赤字の原因には、隠された事情（密約）があるようであった。

大和田常務はこのことを内々に知ってからは、関係者に対して強力に赤字解消策を訴えたのである。すなわち、桑名社長にも赤字解消策を建議したし、井浦常務にも利幅のある受注に変えるようにと申し入れたのである。しかしそのことが、後々になって大和田常務が邪魔者扱いされるに至った原因だったとは、その時点では大和田常務は分からなかった。

純粋な性格の持ち主である大和田常務にとっては、あまりにも己《おのれ》の経営理念から外れる「汚い」世界が、そこにはあったのだった(「第十一章　子会社の考査…一方的な欠席裁判の開始」を参照)。

うやむやにされた赤字解消方針

多摩工場(情報機器事業部)の赤字解消については、大和田常務が取締役会に問題提起して、伊東代表取締役(富士コラーゲン㈱の社長)や、白石取締役(芝浦工業㈱半導体開発事業本部)など過半数の取締役の賛同を得て、取締役会として了承されたが、しかし、実際には、桑名社長や井浦常務(営業部長嘱託)は一向に真剣に対処しようとはしなかった。取締役会の決議にもかかわらず、平然と赤字の垂れ流しを続けるのであった。

ところで、現在では赤字となっている多摩工場（情報機器事業部）は、元々は、旭エレクトロニクス㈱の主力工場であり、立派に収益をあげていたのだ。製品も高度な電子技術を駆使したものが中心であった。

たとえば、創業当初のころは芝浦工業㈱の協力会社として、電子計算機の製作に寄与したり、郵便番号区分機の設計に関与したり、航空機（ジャンボ機）搭載用計算機も十数セット生産納入したり、さらにはＮＨＫ放送スタジオの電子計算機制御による調光装置を開発納入したなどの実績もある。

また、「送電線故障点評定装置」の試作に成功し（考案は九州電力㈱）、電力各社や国鉄（現ＪＲ）に対して約四百台も納入した実績もあるのだ。

「送電線故障点評定装置」とは、送電線が落雷などによって故障（断線等）を生じた場合に、都市部にいながらにして、長距離の送電線のどこの場所で故障が生じたか（どこの山中のどの地点の鉄塔で落雷被害を受け故障したかなど）を評定する（特定できる）装置で、電力会社にとっては、送電線の保守管理上極めて有力な支援装置なのである。

このように、優秀な技術のある多摩工場（情報機器事業部）ではあったが、芝浦工業㈱半導体事業部からの発注により昭和五十五年ごろから始まった「半導体テストシステム」の開発・製造に全社を挙げて取り組むことになってからは、技術者および技能者の大部分をこれに向けたため、本社工場（後に横浜工場に移転）に人と生産が集中し、多摩工場（情報機器事業部）の運営管理がおろそかにされ、営業部の受注活動も「半導体テストシステム」に偏ってしまったのであった。

そのようなことから、大和田常務が就任したころには、多摩工場（情報機器事業部）の仕事は、送電線故障点評定装置の生産などのごく一部を除いては、芝浦工業㈱の府中工場や青梅工場や川崎工場等からの小物の下請け的な仕事が主体となってしまい、しかも安値受注が慢性化し、赤字累積となっていたのであった。

多摩工場の下請け化と安値受注の慢性化

安値受注の原因は、大和田常務の分析によると、営業部を統括している井浦常務が芝浦工業㈱側にいい顔をしているためだと見ているのだが、それを証明するかのようにその後は、芝浦工業㈱青梅工場がラップトップ型パソコンの組み立て作業で忙しかったところから、当社の多摩工場（情報機器事業部）は芝浦工業㈱青梅工場のパソコン組み立ての下請けをさせられるようになってしまったのである。しかも、受注単価は、最初から赤字になっているような安値で受注しているのである。

是正改善の建議も空振りに

桑名社長、井浦常務（営業部担当）、青島多摩工場長（情報機器事業部長）に対する大和田常務の追究によって、安値受注の実体が判明した。そして安値受注の是正改善を社長に建議したのだが、桑名社長と井浦常務、それに芝浦工業㈱青梅工場との間で何らかの話し合い（密約）があったらしく、安値下請け受注はその後も続き、多摩工場（情報機器事業部）の赤字体質は一向に改善されず依然として続いたのであった。

大和田常務には理解できない「裏の取引」（密約）が、旭エレクトロニクス㈱の周囲にあるように、大和田常務には思わざるを得なかった。

職場管理面の問題点

大和田常務に言わせると、「経営会議」の弊害はまだあるのである。それは、毎週月曜日の午前中に「経営会議」が開催されているのだが、そのために毎週月曜日の午前中および午後二時ごろまでの間は、横浜工場にも多摩工場にも、役員や部課長が一人もいなくなることである。

日曜日休日あけの月曜日の朝一番からの長時間、横浜工場（半導体計測機器事業部）と多摩工場（情報機器事業部）の各職場の部課長全員が本社に集まっていて、各職場の部課長全員が不在だという状態になっていることが、大和田常務には、職場管理の観点から信じられないことであった。

しかも、「経営会議」参加者の誰にも、そのことに関しての問題意識がないということの恐ろしさも、感じざるを得なかった。

このような風土が生み出した結果だろうと、大和田常務は分析しているのだが、旭エレクトロニクス㈱従業員の勤務規律も良くないように見えた。また、何事にもルーズな点があるようにも見えてきたのである。

大事なことでは、各部門の年度予算の策定が全く大まかで、設備投資計画額も載っていない有様であり、予算制度はないに等しかった。また、細かいことでは期限を守らない風潮もその一例であった。

また、さらには、そのような職場管理に関する問題意識の薄さがもたらした勤務規律のルーズさと大いに関係があると思われることで、当社の労働組合の勢力が相当に強いことである。春闘の時などには、ストが簡単に実施されてしまうのである。


なお、設備投資計画額の策定と予算化および経費、売上高等の収支予算の正確度の向上については、大和田常務が就任してからの翌々年度の予算からやっと実現できたのであった。

また、「経営会議」の開催日も、大分後になってからだが、ようやくにして桑名社長を説得して、月曜日の午前中を木曜日の午後の開催に変えることができたのであった。

第七章　芝浦工業㈱における子会社管理の実態

芝浦工業㈱「関連企業部」による管理指導

旭エレクトロニクス㈱を芝浦工業㈱の子会社として直接管理監督している芝浦工業㈱の部署は、「関連企業部」である。

「関連企業部」では、毎年開催される旭エレクトロニクス㈱の「株主総会」に株主として「関連企業部長」が出席するほか、毎月開催される「取締役会」に芝浦工業㈱側から選出している取締役・監査役が出席して芝浦工業㈱側を代表して発言している。

また、株主総会の議題の事前管理、取締役会の議題の事前管理、監査役監査に関する事前報告や予算作成および決算書作成の都度の内容説明の聴取と指導等のために、桑名社長なり担当役員(大和田常務)、または両者二人を一緒に関連企業部に呼びつけるのをはじめ、人事に関する事前相談や株主関係・不動産取得問題・対外諸問題等も事前に相談させる(関連企業部に出向いて説明し、了承を得る)ことになっている。

さらには、芝浦工業㈱グループとしての広告宣伝(テレビのコマーシャル等)にも子会社の企業名を載せさせ広告料を共同分担させるなど、経営上のあらゆることについて子会社を指導・管理・介入しており、経営内容を掌握している。

たとえば、旭エレクトロニクス㈱は、東北の北上市にある芝浦工業㈱の工場に納品した半導体テスターのメンテナンス（修理・調整）のために、また芝浦工業㈱北九州工場、大分工場に納入した半導体テスターのメンテナンスのために、それぞれの工場に当社の社員十数人を派遣しているが、同地に土地を取得して仮工場を設置する問題や旭エレクトロニクス㈱の子会社（芝浦工業㈱の孫会社。メンテナンス業務ほか）の設立等についても、「関連企業部」の指導と了承を得なければならないのである。

子会社役職員の研修

また、「関連企業部」では、子会社の役職員の研修も行っており、新たに子会社の取締役に就任した者（数十人から百数十人のこともある）を集めて、芝浦工業㈱の研修所で二泊三日がかりで「取締役の心得」などについてみっちり研修している。

そのほかにも、子会社の役職員を対象とした各部門別の研修、たとえば社長研修会を毎年海外視察旅行を兼ねて一週間の日程で実施しているほか、営業担当役員会や、総務部長、経理部長、人事部長など、生産技術部門の長を集めての宿泊研修も行うなどして、芝浦工業㈱方式の経営管理手法を子会社にも徹底させようとしている。

さらには、子会社（五十余社）と関連会社（五百余社）を事業種類別のグループ別にも管理しており、それぞれのグループごとに「芝浦工業㈱協力会」を作らせて間接的にもいろいろな指導管理を行っているのである。

芝浦工業㈱の「事業部」による管理指導

さらに、子会社は、その企業の事業内容に応じて、芝浦工業㈱本社の該当する事業部によっても管理されている。

旭エレクトロニクス㈱では、その主要製品（半導体テストシステム）の関係から、芝浦工業㈱の半導体開発事業本部の管理下に置かれており、徹底した指導を受けている。

同本部とは「月例連絡会議」が開催されており、毎月、桑名社長と山村半導体計測技師長（取締役）と井浦営業部長（常務取締役）と大和田経理担当常務の四人が呼び出されて、旭エレクトロニクス㈱の半導体計測事業部の運営状況や研究開発状況を報告させられたうえ、細かな指導や指示が与えられる。

また、日常も、同事業本部の半導体テスターの技術担当者等が当社の横浜工場（半導体テスターの研究開発・製造）に常駐して指導管理している関係にあるのである。

芝浦工業㈱の「労働部」による指導管理

またさらには、芝浦工業㈱の子会社は、労務関連の事柄、たとえば採用とか労働組合との賃金交渉（春闘ほか）等については、本社「労働部」の強い指導管理を受けている。

たとえば、毎年春闘の時期になると、「労働部」から子会社の労務担当役員と人事部長等の責任者が芝浦工業㈱本社会議室に呼び集められ、電機労連の要求内容とか会社側の方針、交渉状況などの説明に加えて、芝浦工業㈱が電機労連と交渉する条件を越えないように「子会社の賃金アップ率」はこれこれ程度以内が望ましい、交渉態度はかくかくしかじかにするのが良いなどとの指導のほか、旭エレクトロニクス㈱の交渉状況はどうか?などと各社ごとに報告させられるのである。

しかし、そういう一律的な指導(指示)を受けても、旭エレクトロニクス㈱にはもともと現在の賃金水準が低いという事情があるので、その改善(三カ年計画で)のためには他社のアップ率よりも高くしなければ改善できない筋合いなのだが、芝浦工業㈱「労働部」の担当課長は、頑として当社の特殊事情を理解しようとはしてくれないのであった。

ところで、その「労働部」の担当の課長から、大和田常務と岡崎人事部次長(芝浦工業㈱からの出向者)の二人が呼び出され、旭エレクトロニクス㈱の対労働組合対策が甘すぎるなどとのおしかりを受けたことが二度ほどあった。

その席で大和田常務は、それなりに同社の言い分(大和田常務としての考え方)を述べたのであったが、指導に逆らったように受け取られ、担当課長の心証を酷《ひど》く害したようであった。

というのは、恐らくはほかの子会社の役員は、ほとんどが子会社の出身者か芝浦工業㈱からの出向者ないしは天下り者であるから、大和田常務のように第三者的な立場で親会社のエリート課長に対してでも平気で「自社の特殊事情や特異性を強調して、その改善を要する提言や、そのためには芝浦工業㈱本部の一律的な指導にはなじまないので、例外として認めていただきたい」などとの異議申し立てなり意見具申なりは言わない（言えない）から、「旭エレクトロニクス㈱の大和田常務は生意気だ。どこから来たやつだ。富士コラーゲン㈱か！」と逆鱗《げきりん》に触《ふ》れたようであった。

また、旭エレクトロニクス㈱の社内においても、岡崎人事部次長は芝浦工業㈱からの出向者として芝浦工業㈱の指導には頭から従う立場にあったし、その岡崎人事部次長の芝浦工業㈱を笠に着た発言の影響を受けて芝浦工業㈱からの天下りである桑名社長も、芝浦工業㈱寄りの一律的な施策しか頭にないため、大和田常務とは意見の一致を見ないことが多く、当社の労働組合対策には、会社側が一丸となり得ない場面がほとんどで、これも大和田常務の悩みの種だったのである。

このように、子会社の管理指導は、芝浦工業㈱本社の各部署から、それぞれ直接的に行われているのであるが、総括的には「関連企業部」によって取りまとめられているようであったので、第十一章で触れるような「大和田常務追放」の作戦は「関連企業部」による大和田常務に対する印象・評価のほかに各部からも「関連企業部」に寄せられた「大和田常務は生意気だ。何かと反抗する」等との声から「邪魔者扱い」されてしまったのかもしれない。

物言えば唇寒し……という環境が、国際的な大企業である芝浦工業㈱の中でも、根深く続いていたのである（第十一章参照）。

第八章　株式公開の誘い・財テクの勧誘・国税局からの天下り

株式公開の誘い

旭エレクトロニクス㈱の株式は、富士コラーゲン㈱と芝浦工業㈱が折半して所有しているので、株式の市場性の点では当然に未公開である。

ところが、大和田常務が就任した昭和六十二年の頃は、バブル景気が始まり過剰流動性資金が株式や土地に過大に流れた時期であり、株式市場での一般の株取引が活発で株価も高かった。

そんな背景があったので、証券会社数社から、当社の株式を店頭上場（公開）しないかとの勧誘の話が、財務・経理担当の大和田常務に盛んに持ち込まれたのである。

村野証券、一山証券、丘三証券、勧七証券の営業部株式公開部署の担当者が代わる代わるに、二、三カ月おきに担当常務の大和田常務を尋ねてきては、株式の公開に絡んだ話をしていくのが恒例になっていた。

中でも村野証券本社営業部長代理の横井氏が熱心で、「今が株式公開のチャンスですよ。御社のように財務内容も収益力も良ければ七千円くらいで公開できるはずだから、創業者利得も相当に大きく出るはず。是非公開を検討してはどうか。なぜ、躊躇《ためら》っているのか」といった調子で公開（店頭上場）を執拗《しつよう》に勧めるのであった。

上場基準をクリアできるか？

これに対して大和田常務は、「財務内容や経常利益の額および収益率などの面だけからみれば、おっしゃるように上場資格があると思うが、当社の問題点は内部管理の面で組織・制度・仕組み・人材等に欠けている。内部管理の充実が必要であり、公開の申請には時期尚早である。現状では、東京証券取引所による上場審査には通らないと思う。たとえば人材問題だけを見てみても、主要ポストが出向者で占められている現状では、東京証券取引所の上場審査基準に当てはまらないはず。また、第三者割り当てによる増資と創業者の持ち株の放出が必要になるけれど、富士コラーゲン㈱と芝浦工業㈱の考えもまだ聞いていない状況だ」との趣旨の説明を繰り返していたのである。

これは、大和田常務の正直な見解であった。

旭エレクトロニクス㈱の現状は、借入金過多でもないし、そこそこの利益もあがっているが、企業としての組織的運営に欠けており内部管理体制が未整備であり、人材も未だ数年の間は同社独自でまかなうことは難しいとの見解である。

この見解は、経営の基本を決める組織が「常務会」ではなく、部課長クラスの経営に責任のない（責任を負えない）者たちまで「経営会議」のメンバーに加えて決定権限を与えている「特異な経営運営組織」であるとか、「権限規定」や「稟議書《りんぎしょ》制度」もないことや、予算制度も不十分だし、諸規定・手続きも未整備であるなど、問題点の実例をいくらでもあげることができる当社の現実の姿を熟知している大和田常務としては、当然の判断・見解だったのである。


また、旭エレクトロニクス㈱の株式上場について、大和田常務が内々に探りを入れたところでは、株主の意向も割れているようだった。

すなわち、芝浦工業㈱側としては、当面は完全な子会社化を目指してはいるものの、子会社についてはできるだけ早く株式公開を進める、との基本方針をもっているので、第三者割り当て増資の割り当て先を芝浦工業㈱側に有利にしておけば、極めて好都合なことなのである。

もう一方の株主である富士コラーゲン㈱としては、株式公開を急ぐ必要性は何もないとの態度だった。

銀行の融資攻勢、建設・不動産会社からの投資勧誘等

大和田常務が就任したバブル景気の時期には、各銀行は競って融資拡大に力を注いでいた。旭エレクトロニクス㈱のメインバンクである芙蓉銀行からも、融資（貸し増し）や社債発行（私募債の起債）の勧誘をはじめ財テクやマネーゲームの話が活発に舞い込んできた。

また、旭エレクトロニクス㈱横浜工場の建設を請け負った芝浦工業㈱系の芝浜建設やその他の建設・不動産会社等からも、頼みもしないのにご親切にも、旭エレクトロニクス㈱の本社社屋新築（建て替え）計画案を提案してくるやら、貸しビル建築案を提案してくるなど、各業界各社からいろいろと、副業を勧奨する話が活発にきたのであった。

大和田常務は、元来から堅実経営主義者であったから、財テクはもとより、それらの勧誘には一切応じずに、堅実経営に徹してきたのであった。

東京国税局から「顧問税理士」の押し売り

この時期における外部からの働きかけのうちで、大和田常務にとって唯一の妥協というか

屈服させられてしまったことがある。

それは、東京国税局を退官となる人（課長職）を、旭エレクトロニクス㈱の「顧問税理士」として採用してほしいと、東京国税局において税務調査を担当している部署の課長から申し入れがあり、桑名社長の命令でその申し入れを受け入れてしまったことである。

旭エレクトロニクス㈱の税務調査（税務調査官二、三名が約二週間にわたり来社して実地調査する）は、二年に一回の頻度で、東京国税局によって実施されていた。

先般実施された税務調査の折りに、旭エレクトロニクス㈱の海外のユーザー（ドイツのシーメンス社ほか）の手元で貯蔵してもらっている「修理用部品」の評価額を巡って、調査官と当社経理部との間で見解が分かれ、法人税額の申告が過少であるかないかが問題となったが、そんな懸案が未解決の最中に、税務調査の担当部署の課長が社を訪れ、大和田常務を通じて桑名社長へ「顧問税理士」採用の勧奨の働きかけが行われたのである。いわゆる「天下り」の押し売りである。

旭エレクトロニクス㈱の税務関係の顧問（税理士）は、大分以前から「大森税理士事務所」の大森氏に決まっており、同社の経理内容を良く把握してもらっていたので、今更税理士を変更したり増員したりする必要はないから、大和田常務としては国税局からの申し入れを断ることにしたかったが、社長の判断と権限によって、同社の「顧問税理士」は一名増員されたのであった。

余談ながら、この増員された「顧問税理士」殿は、大和田常務の在任中、一度も旭エレクトロニクス㈱を訪れたこともなく一件の相談にもかかわったことがないまま、「顧問料」は確実に支払われたのであった。

第九章　前時代的な会社運営の背景

内部管理不在の風土

大和田常務が就任以来見てきた旭エレクトロニクス㈱経営の運営ぶりは、全く前時代的であるとしか思えなかった。半導体という先進的な技術開発に関与しているメーカーでありながら、会社としての、企業としての運営ぶりは、全く時代遅れしていて、お粗末に感じられたのだ。

その原因・背景は、同社のこれまでの常勤役員のほとんどが技術畑の専門家であったために、技術開発面での関心は高かったものの、内部管理面への配慮はあまり行われてこなかったからだろう、と大和田常務は分析している。

すなわち、このところの歴代の社長はみんな技術専門畑出身であるし、現社長もそしてプロパーの井浦常務も技術者出身であるし、従業員のほとんども電機科系・電子科系関係の専門科出身の技術者ないしは技能者であるという会社であったのである。例外的には、最近になってから総務部と経理部に文科系の新社員を一、二名採用している程度だった。

内部管理体制の遅れ

このような技術系従業員ばかりで運営されてきたことの弊害が、内部管理面の杜撰《ずさん》さをもたらしたのだと、大和田常務は分析しているのである。

技術面では外の空気にも接しているのかも知れないが、内部管理面での情報知識は全く「井の中の蛙《かわず》」的で、井浦常務の前時代的な経営姿勢・物の考え方や職場管理の仕方・独断と偏見による人事や考課・ボス的な高圧的な態度等が何よりもそれを象徴しているようであった。

デジタル型とアナログ型

大和田常務は、旭エレクトロニクス㈱に入社するまでは、それまでの仕事柄、いわゆる文科系の人たちと接することが多かったので、周囲がほとんど技術畑の専門家たちという環境は初めてであった。

そこで感じたことは、どうも、物の考え方には、事務部門育ち（文科系）の人と技術畑専門家（理工系）の人とでは、直感的な判断基準に異なるところがあるように思えることであった。

一言でその違いを表現するとすれば、物の考え方、結論の導き方、交渉や話し合いのまとめ方などで見る限り、事務部門育ちの人はアナログ的であるのに対して、技術畑専門家の人はデジタル的であるように思えるのであった。

すなわち、デジタルは、「〇」と「一」のどちらかしかなく且《か》つ非連続（断続）の世界であるのに対して、アナログは「〇」と「一」との間に「〇・一から〇・九まで」もあり得るし且《か》つ連続（継続）の世界である、という大きな違いに似ているように思えたのである。

同社の役員会のメンバーも、大和田常務のほかは、桑名社長以下全員が学生時代から技術畑一筋の専門家として過ごしてきた人たちであるが、たとえば労働組合との賃金交渉に関する役員会議の議論の場での意見表明などは、極めてデジタル的で、強烈で、融通が利かない直情型で、自説強調型の人が多かったのである。

そのために、会議の時間は常に長くなりがちで、大和田常務はいつも議論の収束・結論を導くのに苦労していたのである。

たとえば、労働組合との経営協議会における交渉で深夜に及ぶこともあったが、そんな折りに、「組合側を待たせている交渉の中断中ですし、時間も遅いですから、そろそろ結論を出しましょう」などと大和田常務が発言すると、「そんなに早く帰りたいのであれば、帰っていただいて結構」などとの暴言が、プロパーの飯山取締役などからも出てくるのであった。

そんな時には、労働組合との経営協議会の交渉が終わるのは、夜明け近くになることもしばしばあったのである。


なお、大和田常務（人事部長嘱託）の部下に、芝浦工業㈱から出向してきている岡崎人事部次長がおり、その岡崎人事部次長は出向元の芝浦工業㈱を笠に着た発言が多くて大和田常務と意見の一致を見ないことが多かったことについては、既に触れたところだが、不思議なことに、芝浦工業㈱側から選出されている役員や部課長たち（桑名社長および山村半導体計測技師長（取締役）をはじめ全員技術畑出身）の労働組合に対する交渉の進め方についての感想では、「技術畑の人の考え方は、デジタル的で、やりにくくて困ってしまう。交渉事というのはデジタル的には進まないのに」と、岡崎人事部次長も大和田常務と同じ感想であり、このことに関してはお互いに共感し合うところだったのである。

事実、特に、山村半導体計測技師長（取締役）の自己主張の強い妥協を許さない態度の発言には、大和田常務も岡崎人事部次長も困ったものだったのである。ちなみに、岡崎人事部次長の芝浦工業㈱での出身畑は、総務部系であった。

科学の世界には、折衷とか妥協ということはあり得ないのかも知れないが、科学技術の応用による物作りの段階では、いくらでも折衷なり妥協の判断は必要だろうに、技術畑に偏った人の中には、何故にデジタル的思考の人が多いのだろうかと、旭エレクトロニクス㈱に来てからの大和田常務は思うようになったのであった。

賃金体系の古さ・出向者の意欲の限界・前時代的な経営

前時代的な企業運営の弊害は、従業員の給与制度・賃金体系にも現れていて、やたらと「手当」の種類が多く、総合的には戦後の混乱期の賃金体系が継続されていて、総体としての賃金水準も同業他社比較でも低水準になっており、しかも人事や賃金査定（考課）についても、実質的には、ボスとして実権を握っている井浦常務の独断と偏見がまかり通っているのであった。

その実態を知った時の大和田常務の驚きは殊の外であった。井浦常務の存在は、まさしく旭エレクトロニクス㈱の経営を前時代的なものにしている張本人と言うべき状況であった。

このような給与制度・賃金体系の古さが続いている根因は、要するに、芝浦工業㈱から天下りしてきている歴代社長や、出向してきている役職員も、日常の業務面では芝浦工業㈱に有利に運営されるように努力はするものの、基本的な経営管理手法とか従業員対策等については、プロパーの井浦常務に遠慮して、井浦常務のボスぶりをただ黙認しているのみで、賃金体系や人事評価（考課）・賃金査定等の基本的な問題までは関与しようとはしなかったからである。

なぜならば、出向者の給料等は出向元の芝浦工業㈱における当人の水準が保証されて支払われることになっているため、出向者たちにとっては、同社の賃金水準が低かろうと、体系が古かろうと、問題とする必要は無かったのである。出向者は出向元にいた水準の給与額であったからだ。

大和田常務の調べたところでは、旭エレクトロニクス㈱の賃金水準は、同業他社や同規模他社と比べて、確かに組合が主張するように低水準であった。十数年来の春闘では、同社の門前には赤旗がなびくので、近所では有名だったそうだが、労働組合対策も拙劣だったようである。

そこで、人事担当でもある大和田常務としては、三カ年計画で賃金水準を同業他社、同規模他社を目標に引き揚げることを組合側に提案したのだが、組合側も長期計画にはなじんでおらず、低水準を認めるなら一挙に改善せよとの主張に拘《こだわ》り抵抗を続けたので、賃金交渉は毎春長引いたのだった。

これまでの無策な労働組合対策の結果、労働組合の力は強く、毎春のようにストが繰り返されたのだが、芝浦工業㈱から出向していた岡崎人事部次長は、芝浦工業㈱本社労働部からの指示に従って、ほかの芝浦工業㈱の子会社並のアップ率で春闘を切り抜けることに注力するのみで、抜本的な改善策には手を染めようとはしなかったのである。

従って、同業他社や同規模他社との賃金水準の比較調査も、大和田常務が自ら労働組合の委員長の協力を得て資料を入手し、自らの手で年齢別などの水準比較も調査分析して確認したのであった。芝浦工業㈱からの出向者であった岡崎人事部次長は、この種の調査研究には、まったく非協力的だったからである。

大和田常務は、親会社からの出向者の、出向先の仕事に取り組む意欲の限界を見せつけられた思いであったし、前社長（長谷氏）と井浦常務が本部組織の弱体化を図って本部要員の人材を希薄にしてしまった前時代的な無知無計画な経営ぶりに対する憤りがこみ上げてくるのであった。

軽井沢の保養所

前社長の長谷氏も技術畑の出身者であったが、長谷前社長は、旭エレクトロニクス㈱の社長に就任する前は、芝浦工業㈱のほかの子会社の社長を務めていた経験があるので、内部管理面にもいくらかは配慮があった事例が一つだけある。

それは、従業員の厚生施設（バンガロー）を軽井沢に作った（購入した）ことである。同社にとって、軽井沢に保養所（バンガロー）を自賄いで運営するというようなことは、社員にとっては夢のようなことだった。

辺鄙な山中の一軒家、実は、利用者はほとんどいない状態

ところが、大和田常務が西田総務部長に命じて調べたところによると、この保養所（バンガロー）の利用者は、この数年間、年に二、三組しかいないのである。

大和田常務は、総務部の周知（広報宣伝）の仕方が足りないのではないかと疑いながらも、一度現地を見ておこうと思い、休日を利用して西田総務部長と福山総務課長との三人で一緒に現地へ行ってみたのである。

駅からレンタカーで行くしか交通手段のないところであったが、所在地は「軽井沢」には違いないものの「軽井沢」の外れもはずれで、近くには何もない山の中の一軒家。しかも、四十度近くもあろうかと思われる急斜面の雑木林の中に、つっかえ棒をしたような格好で建っている小さな小屋（バンガロー）。

こんな辺鄙《へんぴ》な場所の急斜面の雑木林の小さな小屋に、東京や横浜方面からわざわざ自炊をしに泊まりに来る物好きな社員と家族がいる方が、むしろ不思議というものである。

この現地調査で大和田常務は、利用者の少ないのは当然だと分かったのであった。

山小屋購入の裏話

そこで、なぜこのような辺鄙《へんぴ》な場所の急斜面に建っている小さな小屋を、意外と思われる程に高い価格で買ったのかを、大和田常務は調べてみた。

その結果、この物件は、長谷社長の友人が所有していたものを、長谷社長がその友人の事業の資金繰りを助けるために高値で購入したものだということが、長谷社長から口止めされていた西田総務部長から聞き出すことができて、やっと分かった。

この、裏の事実は、井浦常務はうすうす知っていたようであったが、ほかの役員も職員も知らないことのようであった。もちろん、親会社側の芝浦工業㈱の「関連企業部」も、富士コラーゲン㈱側の伊東社長も後藤常務取締役も、知らないことのようであった。

その後、大和田常務は、現在の桑名社長に対して、この物件（軽井沢のバンガロー）を売却して、その資金を基にして会員方式のリゾートホテル利用クラブに加入することを提案し、社長の同意を得てから、労働組合の委員長等の三役に非公式に打診した。

ところが、労働組合の委員長らは、組合員がほとんど利用もしていないのに、「うちの会社には、軽井沢に自前の保養所（バンガロー）がある」という「見栄《みえ》」にこだわっているようであった。

長谷前社長が狙ったのが、その辺の「中小企業の従業員の心理」に応えるために、使いもしない山奥の一軒家のバンガローを保養所（厚生施設）として買ったのだったとすれば、長谷社長はある意味では「名社長」だったのかも知れない。

しかし、そういう意味で長谷社長が「名社長」だったとしても、①経営に素人でしかも責任の負えない部課長によって経営事項の決定をする「経営会議」(常勤取締役と部課長の会議)という名の無知蒙昧な経営決定組織を作ったことや、②「稟議書《りんぎしょ》制度」を廃止してしまったことや、③本部組織の弱体化を図ったこと、などの無責任な運営をした罪は決して消えるものではない。

第十章　孤軍奮闘の大和田常務と芝浦工業㈱の攻勢

四面楚歌《しめんそか》での奮闘

就任以来の大和田常務は、総務部長のほかには社内に身内(富士コラーゲン㈱側の役職員)のいないという、たとえてみれば敵地の中の孤立状態でありながらも、稟議書《りんぎしょ》制度の復活、設備投資計画額の把握と予算化、予算制度の充実、不採算部門の解消策、賃金体系の整備、厚生施設の適正化、労働組合との摩擦の緩和、「経営会議」の開催日の変更、経理規定等の未整備な規定の整備、仕掛品残高の削減・増加の抑制に関する問題意識の涵養《かんよう》、等にいろいろと心がけてきた。

しかし、それらの努力、方策は、実現したものもあれば、ボスの井浦常務によって拒否されたり、社長が積極的でないために、あるいは出向者の協力が得られないなどから、実現していないものなど様々な状況になっている。

運転資金の増大

特に、大和田常務担当の財務・経理関係の問題点として大きかったのは、棚卸し資産の「材料費残高」と「仕掛品残高」が常に増大傾向にあったことだ。棚卸し資産の残高が膨らめば、借入金増大に直結するからだ。現に、大和田常務就任後も、増加運転資金の借入残高は、相当に増えてしまった。

現実の傾向としては、製造高が増加傾向にあれば棚卸し資産も増えることは当然ではあるが、問題なのは、製造機種が変わったりすると部品調達が急増し、不自然なほどに材料残高が増えるし、作りかけの半製品が増えてくるし、得意先の引き取りが遅れがちになったり、クレームによる再調整が増え、仕掛品残高が途端に増大して、元の水準には戻らない傾向が続いており、運転資金負担増大の主な原因になっていたにもかかわらず、これまでは誰もチェックして改善しようとはしていなかったのだ。

大和田常務が就任した当初のころには、棚卸し資産の残高は、月商高（一カ月あたりの売上高）の三倍程度までに膨張していたのである。このため、短期の借入金だけでも四十億円もあり、利息負担も相当に大きかったのである。

しかし、旭エレクトロニクス㈱で借入金の経営に及ぼす負担のことや資金手当、資金繰りを心配していたのは、担当常務だけのようであった。

大和田常務が経理担当になってからは、毎月のように「経営会議」（常勤取締役と部課長の会議）で資料を配付して数字を示しながら、この棚卸し資産増加の問題点を取り上げては、増加抑制・削減促進の必要性等についてのレクチャーを行い、役員・部課長に対して借入金負担の及ぼす影響の認識を高めることに努めたのだが、役職員の関心は相変わらず低くて、その後もずるずると仕掛品残高は増加し続け、資金負担が増えていったのである。

これまでの同社の常勤役員・部課長は、材料費や仕掛品や売掛金が増えることは、借入金の増加、支払い利息の増加、利益の減少という図式につながっていることを全く知らないようで、材料は無駄なほど仕入れてしまうし、仕事はあっちこっち抱えているのを良しとして半製品が増え仕掛品が増えることも意に介しないようであった。

俺《おれ》たちの技術は優秀なんだ、ということだけに、安住しているようであった。

営業部、納入先との馴《な》れ合いで「売り上げ代金」の回収遅延

さらに、営業部にも問題があった。旭エレクトロニクス㈱の営業部（大和田常務就任当初は、井浦常務が部長を嘱託。後に、飯山取締役が嘱託）は、売り上げ代金の回収に熱心でないのである。大和田常務の調べによれば、納入先との馴《な》れ合いによる悪い慣行があるようで

あった。

それは、得意先（販売先）の大部分が親会社の本社事業部や各地の工場であるところから、売り上げ代金の取りはぐれがないとの安心感からか、代金の早期回収の努力が全くなく、相手任せになっていることである。

たとえば、製品の納入から検収を受けて代金を受け取る（売掛金に計上する）までの日数が長引くことに無関心であるし、検収を終えたものは芝浦工業㈱内部の支払い基準によって、何割は現金で、何割は手形で、手形期間は何カ月のものと何カ月のものが半々、などという具合に原則的にはルールがあって決まってはいるのだが、しかし中には一年以上も、酷いものは数年間も、うやむやにされているものがかなりあるのであった。

これらは、納品先の工場の研究室等の都合で、納入後も長期間、検査だと称して研究室の試験用に使われていて、一向に代金を払ってくれない（回収されていない）ものがあるということが、大和田常務にも分かってきたのである。

営業部の担当者や部長も、こういうことのあるのを知っていながら、催促もせずに、平気でいるのである。そんな回収の甘さから、同社の売掛金は、これも月商高の四倍ほどもあったのである。こんなところにも、同社の運転資金の増大要因があったのである。

これらのことも、大和田常務の疑問による調査によって、営業部の担当者から製品ごとの回収記録を見せてもらって分かったことであり、その結果、大和田常務は営業部に対して、回収促進するようにと督促したのだが、同社の営業部は、部長の井浦常務をはじめとして、納入先の芝浦工業㈱の関係者との馴《な》れ合い持たれ合いの様相が強く、ほとんど改善されなかった。古い経営体質の見本が、ここにもあるのであった。

このように、旭エレクトロニクス㈱の役職員には、運転資金がどのように増大しているかとか、運転資金の圧縮などについての関心は、全くないのであった。

大和田常務は、「経営会議」の席で、この辺の認識の啓蒙についても、何回も説明資料まで配布してレクチャーを重ねてきたのである。しかしながら、桑名社長も井浦常務もそのほかの役職員も関心が低く、他人事を聞いているようであった。

大和田常務、子会社の赤字対策にも注力

旭エレクトロニクス㈱には、子会社（芝浦工業㈱から見れば孫会社）が二社ある。これも前社長（長谷氏）時代に、井浦常務の入れ智恵によって作られたものである。群馬県藤岡市にある「稲田電子㈱」、福岡県北九州市の「北九州旭エレクトロニクス㈱」の二社である。

それらの設立の経緯と損益状況が、これまた怪しげなのである。まず、一番怪しい「稲田電子㈱」について見ると、もともとは旭エレクトロニクス㈱の一部の部品の下請け加工を依頼していた会社だったが、数年前から旭エレクトロニクス㈱が資本参加し、現在では旭エレクトロニクス㈱が九〇％出資している同社の子会社となっている。

しかるに、稲田電子㈱の仕事の内容は、現在では旭エレクトロニクス㈱の仕事とは全く関係のない「ネジの製造」が主体であり、何故に子会社にしたのか、誠におかしな存在なのだ。しかも、この「ネジの製造」は、当時の稲田電子㈱の稲田社長が旭エレクトロニクス㈱の仕事の下請けとは別に経営していた機械加工会社における使用部品（ネジ）の下請けなのだから、ますますおかしな話。

その上、毎期赤字の連続で、赤字の補てん、運転資金は旭エレクトロニクス㈱からの融資

で賄われているのである。

しかも、「ネジ切り」用の特殊旋盤を旭エレクトロニクス㈱で購入し、「稲田電子㈱」に無償貸与までしていたのである。これらの事柄の仕掛け人が、井浦常務（当時は取締役）であることは、大和田常務には容易に推察されるのであった。一体、何のための子会社化だったのか。何かの裏取引があっての稲田社長との密約としか言いようがない「赤字受注」ではないか、と大和田常務には思えたのだ。

大和田常務は、旭エレクトロニクス㈱の常務に就任した翌年になって、旭エレクトロニクス㈱の桑名社長に対して、子会社「稲田電子㈱」の赤字の発生防止のために、赤字受注の「ネジの製造」の打ち切りを提言し、代わる仕事として多摩工場（情報機器事業部）を通じて芝浦工業㈱青梅工場の仕事をあっ旋してもらえるようにさせたのだ。

しかし、この措置で、大和田常務を恨んでいる人物が存在することになったのである。

実は、大和田常務は、就任の翌年から、この「稲田電子㈱」の監査役になったのだ。大和田常務の前任の佐原常務（退任後顧問）が「稲田電子㈱」の監査役になっていたのだが、任期満了に伴い、大和田常務が就任したという訳である。それゆえに、「稲田電子㈱」の内実を調査しやすくなり把握できたのであるが、前任の佐原常務も、前社長（長谷氏）も、そして井浦常務も、「稲田電子㈱」の経営改善・赤字対策などには、なぜか全く意を用いなかったのである。

もう一つの子会社である「北九州旭エレクトロニクス㈱」の設立の趣旨は、芝浦工業㈱の北九州工場および大分工場に納入している旭エレクトロニクス㈱の製品（半導体テストシステム）のメンテナンスのためであり、出荷納入量の増加に伴い、トラブル発止の都度東京から修理の要員を出張させるのでは、対応しきれなくなってきたからであった。

従って、出張所あるいは子会社を設立する必要性はもっともであったが、この「北九州旭エレクトロニクス㈱」の経営状態は、当初見込まれていた創業赤字の期間からさらに五年も過ぎても、なお赤字続きなのが大和田常務には、これまたおかしく思えたのだ。

しかも、これまでに何らの対策も講じられずに、赤字補てんの運転資金を、旭エレクトロニクス㈱から次々と貸し増しすることとしかしていないのだ。

さらには、「稲田電子㈱」と同様に、累積赤字がどうなっていようとも、誰も改善への関心など持っていないようであった。

また、大和田常務は、就任の翌年から「北九州旭エレクトロニクス㈱」の監査役になったので、現地に出張して経営内容を調査した結果、メンテナンス要員が暇な時のための仕事として始めた副業を、次第に手を広げ出し、そのための従業員を採用し、挙げ句の果てが仕事探しの赤字受注という構図になっているのを突き止めたのだ。

そこで大和田常務は、さっそく旭エレクトロニクス㈱の桑名社長に改善策を進言し、子会社「北九州旭エレクトロニクス㈱」への指示と実施状況の把握のために、毎月「北九州旭エレクトロニクス㈱」の徳永社長を旭エレクトロニクス㈱の本社に呼び寄せて、月次の営業状況（受注・売り上げ・収益状況と今後の対策方針等）を報告させ、経営再建（赤字脱却）のための方策の指示とアドバイスを行うことにしたのである。

桑名社長は、最初のうちは大和田常務の提言に消極的であった。消極的だった理由は、桑名社長なりにいろいろあったのだ。

まず、「北九州旭エレクトロニクス㈱」の徳永社長は、桑名社長と同じ芝浦工業㈱のＯＢであり同僚であったことから、物を言いづらいこと。さらには、「北九州旭エレクトロニクス㈱」

を設立した前社長（長谷氏、芝浦工業㈱の大先輩ＯＢ）への遠慮もあること。また「北九州旭エレクトロニクス㈱」の非常勤取締役には桑名社長自らと井浦常務も名を連ねている手前もあり、徳永社長や幹部の不手際を取り上げにくいこと、などなどからである。

　しかし、大和田常務が子会社の累積赤字の問題点を縷《る》々《る》説明したのに加えて、旭エレクトロニクス㈱の労働組合からの圧力もあったところから、桑名社長もやっと大和田常務の「赤字解消策」を納得し、子会社北九州旭エレクトロニクス㈱の徳永社長（芝浦工業㈱のＯＢ）に赤字解消の対策実行を求めたのであった。その結果、二年目からは単年度で経常黒字に転換できたのである。

　やればできることを、誰もやろうとしてこなかったのである。

子会社の赤字問題に、労働組合が関心を示し、改善の進捗に貢献

　子会社二社のこのような赤字体質を、かなり急ピッチで改善の方向に向かわせることができた背景には、大和田常務の積極的な提言と経営改善指導の努力に加えて、実は、旭エレクトロニクス㈱の労働組合がこのことに関心を示したことにある。

同社の労働組合は、アンチ芝浦工業㈱であり、経営側に対してかなり厳しい姿勢の組合だが、富士コラーゲン㈱側に対しては比較的好意的なところがあった。同社の創業、発展に裏方として貢献してきたのは富士コラーゲン㈱だと承知しているからだ。

それはともかくとして、大和田常務が「稲田電子㈱」と「北九州旭エレクトロニクス㈱」の累積赤字解消について桑名社長を説得するのに苦労しているのを、労働組合の執行委員長が誰かから聞きつけたらしくて、「経営協議会」（労使の意志疎通機関）の席上で、「子会社の赤字補てんのために、我々組合員の給料が少ないことに繋がっているのではないのか、早急に改善されたい」との趣旨の質問や発言をして、会社側に「子会社の赤字解消」の圧力をかけてきたのである。

この労働組合による「子会社の赤字解消」の圧力は、大和田常務にとっては、桑名社長に決断と実行を迫るのに大いなる援護射撃であったのである。

大和田常務の作戦…経理部長の交代

一方、人事配置の面で大和田常務が次に打った手は、芝浦工業㈱から出向してきている取締役経理部長（須山氏）を富士コラーゲン㈱側からの出向者に変えることであった。変えると言っても、元に戻す（従来から、経理部長および経理部門担当の取締役は、富士コラーゲン㈱側から出すことになっていた）だけのことなのに、芝浦工業㈱側の抵抗はかなり強かった。一度奪い取った「経理部長」ポストを再び富士コラーゲン㈱側から取られることに、抵抗したのであった。

実は、大和田常務は、取締役の任期（二年）満了による改選の機会に、経理部長嘱託となっている須山取締役を重任（留任）させないように、富士コラーゲン㈱の後藤常務取締役に働きかけ、富士コラーゲン㈱側の意向として芝浦工業㈱側に申し入れてもらうことに成功したのである。

その結果、平成元年六月の株主総会で須山取締役（経理部長嘱託）は退任、新経理部長には富士コラーゲン㈱の関連会社である「アルプス製靴㈱」の資材部長佐伯氏が出向してきたのである。

しかし、大和田常務が芝浦工業㈱から出向していた経理部長を、富士コラーゲン㈱側からの出向者に変えたかった狙いは、縄張り争いのためではない。経理部長嘱託の須山取締役の取り組み姿勢（態度）が気に入らなかったからである。

たとえば、「稲田電子㈱」と「北九州旭エレクトロニクス㈱」の累積赤字解消についても消極的であった。それは大和田常務に相談もしないで独断で不足運転資金を安易に貸し付けてしまうなどといったところがあったからである。

しかも、そのために、経理担当であるはずの大和田常務には隠れて、桑名社長と単独に相談のうえ、隠密の内に「北九州旭エレクトロニクス㈱」に出張して先方の徳永社長（芝浦工業㈱のOB）と事を決めてしまったこともあったのを、事後になってから大和田常務が経理部の職員に問いただした結果知ったこともあったなどからである。

また、須山取締役（経理部長）は、芝浦工業㈱に提出する予算書、決算書等の作成においても、大和田常務に何らの相談もなく、直接桑名社長と相談の上で作成、提出してしまうなどといったことが多かったのだ。

ことほど同様に、芝浦工業㈱側から出向していた須山取締役経理部長は、大和田常務の存在を蔑《ないがし》ろにして独断的に、あるいは桑名社長（芝浦工業㈱からの天下り）と直接に事を決めてしまうことが多かったのであった。

もっとも、大和田常務を蔑《ないがし》ろにすることが、経理部長ポストを従来の富士コラーゲン㈱側の出向から芝浦工業㈱側からの出向者に変えた時の、芝浦工業㈱側の狙いだったのだが、大和田常務はそれを見抜いて、次の取締役改選時を捉えて逆転に出たのであった。

芝浦工業㈱側の反攻作戦と、異例のエリート社員からの出向

そのような経緯と狙いがあったので、大和田常務は、富士コラーゲン㈱側に強力に働きかけて経理部長ポストを富士コラーゲン㈱側からの出向者に変えてもらったのだったが、ところが、大和田常務と富士コラーゲン㈱側にとっては、「一難去ってまた一難」であった。

さすがに、芝浦工業㈱側もしたたかで、経理部長ポストを富士コラーゲン㈱側に返した代わりに、今度はかねてより狙っていた総務部長のポストと人事部長のポストの獲得に目を向

けてきたのである。

プロパーの代表者である井浦常務が富士コラーゲン㈱から出向してきている西田総務部長を追い出すべく、西田総務部長に対してことあるごとに厳しく当たっていたことには既に触れたが、今回の芝浦工業㈱側の作戦は、実に巧妙であった。

すなわち、任期満了で辞める須山取締役の代わりの芝浦工業㈱側の取締役として、山城氏を芝浦工業㈱本社の総務部から旭エレクトロニクス㈱の常勤取締役に推薦し、しかも総務部を担当させたうえに人事部長をも委嘱させてしまったのである。もちろん、芝浦工業㈱出身の桑名社長に指示してのことである。

しかも、山城氏は芝浦工業㈱本社総務部のエリート課長（京大卒）からの子会社への出向という、これまでに聞いたこともないような異例の特別な人事であった。どういう意図なのかは、後になってから大和田常務には分かったのだが、その時点では大和田常務にも芝浦工業㈱側の意図が読めなかった。

さらに芝浦工業㈱側は、エリート課長の出向と時を合わせて、それまで芝浦工業㈱から出向してきていた人事部次長の岡崎氏を芝浦工業㈱内の人事ローテーションとして芝浦工業㈱

豊橋工場の総務部長に栄転させ、その機会を捉えて、岡崎人事部次長の後任は出向させせない代わりに、総務部担当になった山城取締役（芝浦工業㈱のエリート課長）を人事部長にも委嘱してしまうという異常な措置を、桑名社長に強行させたのであった。

このようにして芝浦工業㈱側では、これまで経理部・総務部担当および人事部長嘱託だった大和田常務から、総務部担当と人事部長嘱託を外してしまった（富士コラーゲン㈱側から取り上げてしまった）のである。

富士コラーゲン㈱側の作戦負け

この結果、富士コラーゲン㈱側は、経理部長ポストと総務部長ポストは形式的には従来通り確保することができたものの、実質的には総務部長ポストをも奪われたうえに、人事部長のポストも失ってしまったのである。

すなわち、富士コラーゲン㈱からの出向である西田総務部長は、実質的に芝浦工業㈱側の常勤取締役（山城氏）によって管理指導されることになってしまったし、しかも総務部の担当役員はそれまでは富士コラーゲン㈱側の大和田常務だったのに、大和田常務から総務部担当が外されてしまったし、さらに人事部長嘱託までも取り上げてしまったのである。

このように芝浦工業㈱側の作戦は、目に見えて急激に強烈に進められたのである。それらの動きは、平成元年六月からのことであった。

このたびの、この作戦によって芝浦工業㈱側では、経理部長ポストは富士コラーゲン㈱側に返したものの、そして経理部担当役員も富士コラーゲン㈱側の大和田常務としてはあるものの、前々から狙っていた総務部門を大和田常務から外してしまったことで、総務部長ポストも実質的には富士コラーゲン㈱側から取り上げてしまったも同然となり、さらには人事部長ポストまでもあっさりと芝浦工業㈱側が奪ってしまったのである。

大和田常務の心中

このようにして芝浦工業㈱は「富士コラーゲン㈱には金だけ出させて資金手当だけ担当させておけば良い」との方針を実現してしまったのであった。

なぜ、今回の取締役の任期満了と人事部次長のローテーションの時期を捉えて、このような大幅な芝浦工業㈱側の攻勢がかけられたのか、そして、なぜ富士コラーゲン㈱側がこれに安易に応じてしまい「富士コラーゲン㈱には金だけ出させて資金手当だけ担当させておけば良い」という形になることに抵抗しなかったのか。

大和田常務の担当が、「総務・人事・経理」だったものから「経理」担当だけに縮小されてしまったのはなぜなのか。

これらについて、富士コラーゲン㈱側から何も知らせられなかったので、大和田常務の心中は穏やかではなかった。

担当変更の理由は?

大和田常務の担当が大幅に縮小されたのは、なぜか?

大和田常務が不始末でもしたとか、常務取締役として無策・無能であるならともかく、大和田常務はメイン銀行やサブ銀行からの貸し出し攻勢（バブル期のマネーゲームへの誘い）や、信託銀行と提携した建設業者からの本社社屋新築計画や貸しビル建設の誘い（バブル期の不動産投資ブーム）等にも便乗せずに（手を染めずに）、もっぱら「堅実経営」に徹して来た。

また、「経営改善」特に「収益性の改善（不採算部門の改善の提言）」、「運転資金増大（借入金増加）の抑制」、「材料および仕掛品管理の提言」、「不採算受注の改善・売掛金回収促進（営業部の体質に苦言）」、「内部管理面の充実（設備投資の予算化・予算制度の充実、経理規定など内部管理規定の制定充実等）」、「労働組合との関係改善」、等のいろいろな面で大いに努力し、少しずつ成果を上げつつあったのである。

さらには、子会社の「稲田電子㈱」と「北九州旭エレクトロニクス㈱」の「赤字体質の改善・累積赤字解消策」についても社長に提言し改善に着手して成果を上げつつあったところである。

このような時期に、大和田常務から「総務部」および「人事部」の担当を外し、「経理部」担当だけにし、大和田常務の新しい発想による発言や提言・提案・建議を封じようとしたのは、なぜなのだろうか。大和田常務が桑名社長を補佐すること（進言・提言・建議、そして施策の実行等）を桑名社長自身が好まないからなのだろうか。大和田常務の提言等は芝浦工業㈱側にとって不利な事柄なのだろうか。大和田常務のどこが芝浦工業㈱側には気に入らないのだろうか？　全く疑問の多い措置であった。
また、富士コラーゲン㈱側も、なぜ反発しなかったのだろうか？

第十一章　子会社の考査……一方的な「欠席裁判」の開始

芝浦工業㈱側の作戦にはめられてしまった大和田常務と西田総務部長は、新たに富士コラーゲン㈱側から出向してきた佐伯経理部長との三人で、時折帰りに一緒になっては居酒屋などへ寄り、芝浦工業㈱側から出向してきた総務部担当取締役の山城取締役の高圧的な発言やプロパーのボスである井浦常務の棘《とげ》のある発言による痛手を慰め合っていたが、芝浦工業㈱のエリート課長から出向してきた山城取締役の態度は、「経営会議」（常勤取締役と部課長の会議）の席でも怒鳴り散らすことがあるほどに、いかにもあからさまに、高圧的であった。

芝浦工業㈱エリート社員の特命事項は何か

大和田常務は、そのような山城取締役（総務部担当、人事部長嘱託）の態度や、そして桑名社長も山城取締役の高圧的な態度に何らの注意も与えないことや、山城取締役の出向元の部署や身分（芝浦工業㈱本社総務部のエリート課長《京大出身》からの異例の出向）などから推察して、「山城取締役は、何か特命が与えられて当社に乗り込んできた」ように思えてきたのである。

そしてこの大和田常務の推測が的中していたことが、まもなく実証されたのであった。

一方的な「欠席裁判」の開始

芝浦工業㈱本社総務部のエリート課長から出向して来て、小さな子会社の旭エレクトロニクス㈱常勤取締役として就任した山城取締役が、それまで大和田常務が担当していた「人事部」「総務部」を大和田常務から奪い取り、自らが「人事部長嘱託」「総務部担当（実質的な総務部長）」となってから三カ月経った平成元年九月に、急に芝浦工業㈱本社の「考査室」によって、旭エレクトロニクス㈱に対して「考査」（経営内容等の検査）が行われることになったのである。

芝浦工業㈱本社の「考査室」は、同社の本社各部や工場のほか、子会社の考査（検査）も行える権限を持っていたのである。

旭エレクトロニクス㈱がこの「考査」（検査）を受けるのは初めてのことで、考査室長以下考査室のメンバー七、八人が二週間余にわたって当社を訪れ、経営の全般、運営の仕方、財務内容等を調べるのだということであった。

なぜか、大和田常務との面談は皆無、欠席裁判同然

大和田常務は、その考査においては、考査室長等によって、役員会議や会社経営全般のことや大和田常務の現に担当している部署と前期まで担当していた部署のことなどについても、当然にいろいろと聞かれるだろうと、そのつもりで説明の準備も整えて考査室長等との面談を心待ちにしていた。

「経営会議」のおかしな存在や、「権限規定」のないことや「稟議書《りんぎしょ》制度」を止めてしまっていること、それに、怪しげな赤字累積の子会社の存在などについて、いろいろと言いたいことが山ほどもあったからである。

ところが、大和田常務が最後まで何も聞かれないままに「考査」は終わってしまったのであった。大和田常務は、自分の過去の経験（日の丸銀行時代にも検査や考査を受けた経験があったし、逆に検査や考査を実施する側の部署に勤務していて考査や検査を行った経験もある）からみて、「経営陣である常務取締役から何も話を聞かないとは、実におかしな考査だ。全く不自然であるし、意図的としか考えられない」と思ったのであった。

「考査」では、旭エレクトロニクス㈱の役員からの話は、桑名社長と山城取締役とからは、毎日のように聞いていた(話し合っていた)。考査チームが、経営の責任者である桑名社長から重点的に話を聞くのは当然としても、三カ月しか同社に在社した経験しか持っていない山城取締役が、井浦常務と大和田常務を差し置いて、考査室長や副長と長時間面談したのであった。

このようにして、井浦常務（プロパー出身）と大和田常務（五〇％株主の富士コラーゲン㈱側出身）に対しては、全く何も聞かずに、一言の声もかけずに、一言も話させずに、芝浦工業㈱考査室による旭エレクトロニクス㈱の「考査」は終了したのだった。

判決の言い渡しで、常務を非難・誹謗

芝浦工業㈱は、子会社の旭エレクトロニクス㈱の「考査」を一体何のために行ったのだろうか。考査の最終日に、考査チームから「考査の結果を伝達するから、社長以下の役員と課長以上の職位者を集めるように」との指示があり、旭エレクトロニクス㈱の「経営会議」のメンバーが会議室に集まった中で、考査結果の講評が考査室長から申し渡されたのである。

資産管理面で、償却資産の管理に適切でない処理があったとか、在庫管理に適切を欠き不良在庫も多いとか、仕掛品が多すぎるとか、実務面での検査の結果や財務状況の判断等が述べられたあと、最後に役員陣の態勢について「社長が努力しているのに対して、常務取締役の補佐が欠けている」との批判が述べられたのだった。

大和田常務が井浦常務に確認したところでは、井浦常務も大和田常務と同様に、考査チームとの面談はなく、何の質問もなく、説明のチャンスも与えられなかったとのことだったが、しかし、井浦常務は別に怒っている様子はなかったので、事実かどうかは分からなかった。

大和田常務、激怒

大和田常務は、内心で猛烈に怒った。大和田常務からは何一つ話を聞かずに、説明のチャンスも与えずに、桑名社長と山城取締役から聞いた話だけで、欠席裁判よろしく一方的に「常務取締役は社長を補佐していない」と断じ、しかも事もあろうか、旭エレクトロニクス㈱の常勤役員・部長・課長の全員の前で、「常務取締役は社長を補佐していない」と糾弾する発言を行うとは、一体全体何事であろうかと。

両常務からも話を聞いたうえで、総合的な判断から、仮に両常務取締役の社長補佐機能にもの足りなさを感じたとしても、そのことは社長と両常務取締役にだけ言って今後の努力を求めるべきところではないのかと、大和田常務は激怒したのだ。

しかも、「常務取締役は社長を補佐していない」と断じたということは、大和田常務が着任以来担当部署の運営面で改善努力してきた諸々のこと、「経営会議」での種々の提案・提言やレクチャー、直接桑名社長に提言・進言した会社運営面での諸問題（権限規定制定・稟議書《りんぎしょ》制度の復活や赤字事業部門の改善のこと、半導体テスター開発問題等々）や「経営会議」のおかしさについての進言や改善の建議、労働組合対策面での提案、役員人事面での進言をしてきた事実、そしてまた「稲田電子㈱」と「北九州旭エレクトロニクス㈱」の累積赤字解消についての提言と対策等々の多くの事柄で、大和田常務が桑名社長を補佐してきた事実は、まったくなかったということにされてしまったに等しいのだ。

それとも、その程度の進言・提言・建議では、補佐したことには当たらない、とでもいうのであろうか？と、大和田常務は怒ったのだ。

大和田常務の実行してきたそれらの事実を知らない「三カ月在社の山城取締役」からの話だけ聞いていた「考査」では、そうなるのであろうか？　不十分な判断材料で「常務取締役は社長を補佐していない」と断じた「芝浦工業㈱考査室」の考査姿勢に対して、憤懣《ふんまん》やるかたない憤りを、大和田常務は抱いたのである。

また、大和田常務は、こうも考えた。山城取締役が在社して実際に見ていた三カ月間には、大和田常務が桑名社長に補佐らしき補佐をしなかったとして、就任以来これまでの大和田常務もそうであり何も補佐してこなかった、と断じて、考査チームに言いつけたのだろうか。

そして、考査チーム側も、大和田常務から一言の話も聞かないままに、山城取締役の偏見と独断の発言だけを鵜呑みにして「常務取締役は社長を補佐していない」と断じたのだろうか？

それにしても酷《ひど》い、桑名社長の態度

さらに問題なのは、桑名社長が「考査」に対して取った態度である。

桑名社長は、大和田常務がこれまでに、直接桑名社長にいろいろと提言・進言・建議してきた事実や、「経営会議」その他の場で大和田常務の努力してきた事実を、考査チームに対しては何も話さなかったのだろうか？　それはなぜか？との疑念も、大和田常務にはすこぶる大きかった。

桑名社長が、考査室長の講評の中で、「常務取締役は社長を補佐していない」という批判・糾弾を言わせたということは、桑名社長自身もそう思っている、ということになるわけだが、真実はどこに行ってしまったのだろうか？

桑名社長は、大和田常務の功績・改善事項・提言内容等を、社長自らがやったこととして自分の功績に置き換えてしまったのだろうか？とも大和田常務には思えてきたのである。

大和田常務からみれば、考査の講評の中での「社長が努力している……」との判断の方こそが、おかしいと思っているのである。桑名社長は自らの発想では何もしていないし、前社長（長谷氏）は「経営会議」などという権限のない部課長を含む素人判断によるおかしな経営決定機関を作り、しかも「稟議書《りんぎしょ》制度」を廃止するなどの愚策を実施してしまったし、怪しげな子会社（稲田電子㈱）を作って赤字を累積させたし、本部機能を意図的に弱体化させせてしまったし……等々、前社長も現社長も、社長自身の経営姿勢と経営手腕にこそ問題が多いのである。

このようにして、芝浦工業㈱の「考査室」が旭エレクトロニクス㈱に対して実施した「考査」の手法は、関係者から幅広く話を聞くということはせずに、すべて桑名社長と山城取締役などの特定の内部通報者からの話で事を判断する手法が取られたのである。

真実の探求調査ではなくて、全く一方的な「欠席裁判」という手法が取られたのである。

考査の狙い

常勤役員と部課長の居並ぶ前で「常務取締役は社長を補佐していない」と、事実に反して、常務取締役の無能振りをアピールしたのは、何の目的からなのかと大和田常務は思ったが、すぐに理解できた。

その狙いは、総務部も人事部も傘下におさめた芝浦工業㈱として、唯一残っている経理部門をも富士コラーゲン㈱側から手を引かせるために、大和田常務のこれまでの功績については一切無視して無能常務扱いとして、従業員内部から「排斥運動」の声を高まらせるのが狙いとしか考えられないと、大和田常務には思えたのである。

芝浦工業㈱が子会社を直接的に管理している部署は「関連企業部」であるが、ここでの旭エレクトロニクス㈱戦略すなわち対富士コラーゲン㈱戦略の上で、「考査室」による考査を最後の手段として活用したに違いない。

その道筋を立てて準備し、「考査」によって大和田常務を「無能呼ばわり」し、退任させようとした仕掛け人は、芝浦工業㈱の関連企業部であり、その方針のもとに就任した山城取締役の仕業だったのだ。

そうでなければ、常務取締役を差し置いて、全く何にも話を聞かない（質問もしない）し、話すチャンスも全く与えない考査（検査）など、健全な常識からは考えられないことである。

それゆえに、今回の「考査」は、一方的な「欠席裁判」以外のなにものでもなかったのである。

大和田常務、異議申し立てを断念

大和田常務は、考査が終わってから、「一人で芝浦工業㈱考査室を訪れ、考査室長に対して異議申し立てをしようか？」と、何度も考えた。腹の虫が煮えくり返る思いだったからである。

しかし、結局は、大和田常務の出身母体である富士コラーゲン㈱に迷惑をかけることになっては、との配慮から、異議申し立てに行くことは我慢したのだった。

この、欠席裁判と言える「考査」による常務取締役に対する評価「常務取締役は社長を補佐していない」の一言は、大和田常務にとっては、終生忘れることのない大きな大きな侮辱であり、屈辱を受けた思いであり、耐え難い恥辱である。そして、芝浦工業㈱の子会社への接し方とともに、「考査」の在り方と、桑名社長の態度への大きな疑問・不信・反発となっているのである。

また、今回の「考査」の在り方（富士コラーゲン㈱側選出の大和田常務に対して、一言の発言もさせない、など）は、芝浦工業㈱にとっては旭エレクトロニクス㈱の経営のパートナーであるはずの「富士コラーゲン㈱」に対して、そしてその富士コラーゲン㈱側選出の「大和田常務」に対して、この上なく失礼極まることであると、大和田常務は怒っているのである。

第十二章　大和田常務、重任の要請を辞退し、退任

山城取締役、任期の途中で芝浦工業㈱に帰る

芝浦工業㈱の旭エレクトロニクス㈱に対する「子会社考査」を実施させ、「常務取締役は無能である」と常勤取締役や部課長にアピールし終えた山城取締役は、取締役の任期の途中にありながら、その後間もなくして桑名社長から「総務部担当」と「人事部長嘱託」の任を解かれ、さらに「常勤取締役」から「非常勤取締役」に変わり、芝浦工業㈱本社総務部に戻って行った。

山城取締役が旭エレクトロニクス㈱に出向してきた目的・役割は何であったかを、芝浦工業㈱自らが証明したかのような、急な人事異動（旭エレクトロニクス㈱の取締役は「非常勤」とし、芝浦工業㈱の仕事に復した）であった。

役割を終えたので「常勤取締役」として旭エレクトロニクス㈱に常駐している必要がなくなったから、取締役としての任期の途中にもかかわらず「非常勤取締役」と変えて、芝浦工業㈱本社総務部に帰って行ったのであるということは、この間の事実から見て明白である。

大和田常務、富士コラーゲン㈱側からの重任要請を辞退

一方の大和田常務の任期は、平成三年六月（二期目の任期満了）までであるが、大和田常務が芝浦工業㈱の「考査」から受けた「大いなる侮辱」と、考査結果に伴う桑名社長の「信頼への裏切り行為」（大和田常務の功績をないものとした）の事実などを知らない富士コラーゲン㈱側では、大和田常務に対して、さらに次の期（三期目）も旭エレクトロニクス㈱の富士コラーゲン㈱側選出の常務取締役として重任（留任）して欲しいと、強く要請したのだった。

しかし、大和田常務は、芝浦工業㈱の数々のいやらしい戦略と陰謀、事実を無視した「考査」によって受けた欠席裁判による「無能者」呼ばわりの侮辱、それを言わせた桑名社長に対する信頼感の喪失と、そのことに伴う今後の桑名社長への協力意欲の喪失、それに加えて、プロパーのボスである井浦常務の古い体質によって馴らされている当社の風土等に対して、これ以上孤軍奮闘しようとの戦意の喪失、等々から「もうこれ以上は、旭エレクトロニクス㈱のために努力を続けることはできない。桑名社長とは、一緒に仕事をする気にはなれない」という心情になったのである。

大和田常務、井浦常務をも同時に退任させる

それに伴い、大和田常務は、旭エレクトロニクス㈱のためには、諸悪の根元ともいえる井浦常務をも一緒に退任させることを決心し、「役員の定年等に関する申し合わせ」の書類が存在するのを見つけて、井浦常務が来期の取締役に重任されることのないように、桑名社長に対して「この『役員の定年等に関する申し合わせ』によれば、井浦常務は今年の六月で常務取締役としての年齢制限に該当するので、来期は重任できないことになるので、そのつもりで株主総会の案を作ることにしますが、それで良いですね？」と先手を打って桑名社長に承認させてしまったのであった。大和田常務は、株主総会の企画運営担当役員であったので、その点は実に好都合だった。

旭エレクトロニクス㈱の経営近代化のガン（諸悪の根元）である井浦常務が、平成三年六月の株主総会で退任することが確認できたところで、大和田常務も退任を最終的に決意し、大和田常務の選出母体である富士コラーゲン㈱の伊東社長と後藤常務取締役に対して、重任の要請を正式に断ることにしたのである。

大和田常務は、重任を辞退する理由については、芝浦工業㈱の「考査」での出来事や、その結果、桑名社長の下で常務取締役を続ける気にはならなくなった心情などについては、富士コラーゲン㈱側には話さなかったので、富士コラーゲン㈱の伊東社長も後藤常務も、大和田常務の慰留に努めたのであったが、結局は、大和田常務の強い辞退表明を受けて、やむなく辞任を了承したのであった。

しかし、富士コラーゲン㈱側は、大和田常務の退任を了承はしたものの、例により後任者の人選に悩んだのであった。そして結局は、富士コラーゲン㈱の親会社である大倉山商事のロンドン支店次長を呼び戻すことにして、大和田常務の後任は決まったのであった。

最後まで残った、大和田常務の疑問

「芝浦工業㈱関連企業部が、本社総務部のエリート課長を必要最小の短期間、旭エレクトロニクス㈱に出向させて、その短期間中に考査室の考査まで実施させて、私が桑名社長を補佐していない（無能である）と決めつけさせたかったのは、なぜなのか？」

「私を退任に追いやったところで、富士コラーゲン㈱側が常務取締役のポストを諦めて手放すことになった訳でもないのに？」

「なぜ、私を欠席裁判にしたうえ、部課長の前で無能呼ばわりして、追い出したかったのか？」

「無能なのは（経営者として指導力がないのは）、むしろ社長の方であるのに！」

「芝浦工業㈱にとって、子会社である旭エレクトロニクス㈱の経営改善・健全化に努力した私の、何が気に入らなかったのか？」

大和田常務の疑問、釈然としない心情は、いまでも消えていない。

終　章　美しき落日

山並みに夕陽傾き茜色

旭エレクトロニクス㈱常務取締役を退任してからの「大和田瓶迷」は、以前の職場（日の丸銀行）で一緒に仕事をしたことのある二、三の先輩から、それぞれに新たな仕事の誘いを受けたが、せっかくの誘いも断って、すべての仕事から引退することにしたのだった。

そして、永年住み慣れた東京を後にして、遙かに日光連山を望む「下野《しもつけ》の国」に移り住み、妻を伴って旅行や音楽会などに出かけては永年の疲れを癒しながら、旭エレクトロニクス㈱時代に必要に迫られて独学で操作を覚えた「パソコン」を相手に、パソコン通信やEメールによる通信仲間との交信をはじめ、「短歌フォーラム」などのいろいろなフォーラムにも参加したり、気の向くままに勤務のころの「回顧録」や「自分史」や「随筆」を執筆したり、あるいは地域社会との交流・貢献にも努めるなど、自由の身分を楽しみながらも、いろいろと励んでいる。

また、終の棲家と決めたマンションのバルコニーでは、妻の育てた胡蝶蘭やクレマチス、ブーゲンビリア、セントポーリリア、チューリップなどの花が咲き誇るのを鑑賞したり、時には空一面が茜色となる「美しき夕陽」が日光連山の稜線に傾く情景に感動して、「山並みに夕陽傾き茜色終の棲家の額に納まる」などとの下手な短歌を詠んだりもしている。

「美しい夕陽だ。我が人生に悔いはない。やるだけのことはやった」と感慨深げに、終の棲家のバルコニーから見る日光連山の稜線に傾く美しい「落日」の光景に、我が人生を重ね合わせて見入っている大和田瓶迷である。

「古稀」を迎えて世直し活動

一九三〇年生まれの大和田瓶迷は、二〇〇〇年の今年、「古稀《こき》」を迎えた。

古稀を迎えた大和田瓶迷には、ますます意気盛んなことがある。パソコン通信に熱中しており、「日本再建クラブ幹事長」と自称して世直しの一助にと、パソコン通信仲間に毎週「雑記帳」と題した随筆（時事問題や世間話）を送信するなどして忙しがっているのである。

そのパソコン通信仲間に、今年の年初と五月初めに送信した通信文二通を最後にご紹介して、このドキュメントを終わることにしよう。

「世紀末」年の結婚記念日に想うこと

きょう（一月十五日）は、私達夫婦の第四十四回「結婚記念日」なので、のろけ話でもしたいところだが、「堅い話」を思いついてしまった。

正月早々に「堅い話」を読むのは嫌だという方は、直ちに削除してください。

今年は、二十世紀の最後の年。そこで、辞書（広辞苑第四版）で「世紀末」を引いてみたところ、次のように載っていた。

『せいき-まつ【世紀末】

(fin de si cle フランス）十九世紀末のヨーロッパで、頽廃的・懐疑的・冷笑的な傾向や思潮の現れた時期。また、そういう傾向・思潮の現れる或る社会の没落期』

私がこの「雑記帳」を送信し始めてから昨年十二月初めで満四年になったが、この間私は、時々「日本は、駄目な国になってしまったのだろうか？」との懸念と改善への問題提起を内容とする事柄等についても書いてきた。

十九世紀末のヨーロッパで、「〜社会の没落期」であったように、二十世紀末の日本でも「社会の没落期」を迎えたのだろうか？と思われるような風潮や出来事（事件・事故）が、数年前から蔓延し頻発していることが、私には「日本は、駄目な国になってしまったのだろうか？」と気になっているのである。

たとえば、

オウム真理教のそれこそ世紀末的犯罪をはじめ、少年犯罪の多発・凶暴化（中学生による小学生殺人事件、女教師殺害事件、警察官の拳銃を狙っての強奪未遂事件、その他強盗事件等々我々が子供の頃には考えられないような、信じられない事件が続発している）、日本を代表するような国際的な大会社の違法行為の数々、金融機関の乱脈経営（住専も）と破綻等々、経営陣のモラルと責任の不在ぶりも、耳目を疑いたくなるばかり。

官僚のモラル低下と業界との癒着（医療行政や福祉を食い物にした厚生官僚や金

融検査で収賄や厳正を欠くなどの大蔵官僚の堕落ぶり、防衛庁官僚と業界との癒着ぶり、元国税庁の幹部がヤクルト本社の副社長時代に取引先から多額のリベートを受け元国税庁幹部にあるまじき高額の脱税をしていた等々）など目に余る所業の数々。優秀だと言われてきた日本の官僚の堕落ぶりの著しさ。

日本の農業政策の要、農業構造改革事業をめぐる農水省職員と業者との癒着問題（十八人処分）にキャリア官僚を含めて反省の色がないことも、官僚の末期的症状が現れている。

技術立国を標榜し、自認してきた日本にあるまじき、お粗末極まりない杜撰工事や管理態勢の数々（新幹線トンネルコンクリート剝落事故、東海村の臨界事故、日本の威信をかけたはずの宇宙開発事業団のH2ロケット打ち上げ連続失敗のていたらくぶり等々）が示すように、躍進してきた「技術大国・日本」に、著しい病変が生じてきているように思われる。

放射性廃液の処理工程で「バケツ処理」とは、五十年以上も前の戦時中のバケツリレー消火訓練と同じではないか。科学技術者にあるまじき言語道断というべき杜撰さであり、「ゆるんでいる」としか言いようがない。

その背景に何があったのか、徹底糾明が必要である。恐らくは、「利益至上主義（金儲け主義）」を背景としての「慣れ」による「真摯な気持ち」と「畏れ」の欠如だろう。「エキスパート」の面目・誇りはどうなってしまったのか？

新幹線は、スピードを上げることにのみ目を奪われ、「基本の基本」とも言うべき「安全性」、しかも、線路・橋・トンネルという「鉄道としての基本的基盤であり土台である」基礎技術のところで「トンネルの壁崩落」とは、最近の「プロ」（技師・技術者・技能者たち）は何をやっているのか、「プロとしての仕事の誇りはどうなったのか」と言いたい。

「たがゆるんできたのではないか」としか言いようがない現状である。

H2ロケットだって、同じ失敗（事故・トラブル）を繰り返すとは、中学生にも劣るレベルだ。学者中心による研究・開発の限界か。

物づくりの技術・技能が基本であることへの真摯な態度（「頭」と「金」だけでは

「物」はつくれないのだ、物づくりには人手による「技術・技能」が欠かせないのだという、物づくりの基本認識）が「学者を含む偉い人たち」に欠落している（技術技能の大事さを軽視している）証左だと言える事故であると私には思える。

今頃になってから（昨年十一月のことだが）「部品の製造過程」から「総合的」に「点検」するなどと、寝ぼけたことを「偉い人」が言い出しているのが、その何よりの証拠だ。そんなことは、取り返しのつかない失敗を繰り返してから気付く問題ではないのだ。アメリカの宇宙科学研究所では、五十年も前からやっていることだろう。

それに、日本の技師・技術者・技能者たちも、「地道に技術に取り組む姿勢」と「仕事に誇りと責任を持つ」ことは無くなってしまったのだろうか？　なぜだ？

「技術立国」としての技術を持ちながら、「仕事に誇りと責任を持つ」者が、「念には念を入れて」作ったもの、仕上げたものを、「念には念を入れてテストして」から打ち上げる衛星ロケットが、同じ失敗を繰り返して、世界から物笑い（信用失墜）

になることはないはずである。

顔つきで論じるのは主観的過ぎるかも知れないが、あの「打ち上げ再度失敗」の記者会見をした責任者（打ち上げセンターの偉い人）の、あの時の「顔つき」が私には堪らなく気にくわなかった。

「責任感・恥ずかしさ」など微塵も感じ取れない「顔つき」だった。税金を何百億円だか（正確には忘れたが）を一瞬にして無駄にした責任さえも、さらに重大なことには、日本の技術水準が国際的に信用を失った責任さえも、感じられなかったのである。

あれが、日本国の先端技術を背負っている責任者の「顔」であり「態度」か？

検査記録のねつ造や改竄《かいざん》、コンクリートの中に木片や紙屑やぼろ切れを混入するなどの「悪徳工事」の不正の数々は、犯罪として処罰に値すると思うが、そのような行為を平然として行う「心の貧しさ（欠陥）」を生んできたのは何か。

私としては、このことにも教育関係者は責任を感じて欲しいのである。次のことと共にである。

すなわち、教育界の無能力・無責任ぶりが顕著であり、日本国民の社会道徳・マナーをはじめとする規律遵守・順法精神の欠落ぶりの風潮は「日本は三流国に成り下がってしまったか」の如き感であり、また「いじめ」「校内暴力」「学級崩壊」の多発さらには「児童虐待」などが現実の「教育の問題点・課題」「家庭・地域社会の問題」となっていることが示すように、現今の教育界・教育関係者・社会教育関係者（もちろん、現場の教師・教授等をも含めてのこと）の無責任ぶり、自覚のなさが目に余るし、堕落しているとさえ思える事柄までもある（たとえば、教員採用について、能力や人格識見よりも、能力が低くても有力者の「縁故」――頼み込みを含む――が優先されて採用されているケースが少なくないなど）。

昨年度（一九九八）の公立小中高の教員で「わいせつ」処分を受けたのは最悪の七十六人だとのこと。また「体罰」懲戒も百十四人。一体何たることなのか。教員の質の低下も、ここまできたということの証左か。これも世紀末的現象か。

最近の事件でみれば、東京・文京区の「春奈ちゃん殺害事件」を生んだ原因とも見られている「お受験」の偏執ぶり・過熱ぶりについても、教育関係者はこれまで何十年もの間(注)、見て見ぬ振りをするのみで、何らの対策も何の見解も示してはこなかったのではないか。

(筆者注) 文京区だけのことではないし、最近始まったことでもない。四国高松にある香川大学付属小学校の児童心理研究所所属「高松幼稚園」でも、三十数年前から入園準備の「塾」まであったし、幼稚園入学合格者は、地元「四国新聞」に掲載されるほどの過熱ぶりだった。
私は、自分の子どもは、そんな「塾」には入れなかったが……。

小学生までが、いや幼稚園に入る前から、塾通いという現状の社会を、教育関係者は何と見ている(見てきた)のだろうか。そして、何をしてきたのだろうか。戦後の教育関係者の無責任ぶりは目に余るものがある。

子どもを塾に通わせる資金作りに、母親がパートで働く。そのために母親も疲れて親子の会話が途絶えるし、子どもの監督も行き届かなくなるし、家事も疎かになり家庭内が殺伐としてくる。子どもの不良化や躾不足が進行する。環境の悪循環が始まる。このような社会状況についても、教育関係者は何と見ているのだろうか。

また、親同士の「心のぶつかり合い」のもつれの決着を、二歳の小児殺害という「八つ当たり的」な無分別なことでしか解決できないような「心の弱い」母親にしてしまった(「心の教育」をしてこなかった)教育の在り方についても、この事件を一個人の特異な性格者の起こした事件として片づけないで、現代の教育の基本的な在り方の問題として捉えるべきなのだ。

このような「心のひずみ」「心の貧しさ」「心の弱さ」が社会全体に様々な形で広がっていると見られることについて、教育関係者は大いなる責任を感じてもらいたいものである。

私は、社会の全ての基本は、教育の内容がどうかだと思うので、教育関係者に対してこの際もう一つ言っておきたい。

昨年末の発表(文部省?)によれば、昨年度(一九九八)は子ども(公立の小・中・高生)の自殺(百九十二人)が急増(四四%)し、過去十年で最悪を記録したとか。

いじめによる自殺が目立つようになってから久しいが、これについても、教育関係者は何と考え、何をしようとしてきたのだろうか。いや、何か対策をしてきたのだろうか、と言いたい。

また、高校中退者も、昨年度は十一万人と、増加しているそうな。そしてこの原因には、時代の変化・学生の期待・要求に対する学校の取り組みの遅れが目立つとも言われているが、教育関係者は何をしてきたのだろうか。

最後に、政治家（国会議員）のこと。

読売新聞社が昨年十二月央に実施した「政治意識」に関する世論調査によれば、「政党や政治家を信頼していない」は、七二％にのぼった由。「有権者の政治に対する不信と不満は、危機的水準」と、同新聞社では分析していた。

国会の召集日をいつにするかが重大問題で（政争の具にされ）、年金・福祉・財政再建問題などは先送りでは、国民が政党や政治家を信頼しなくなるのは当然。

政治家（国会議員）諸君！　日本の国をどうしてくれるのか？　ここまで至っても、日本再建の志を持った政治家、国士は出てこないのか？

以上は、「このところ、日本人は、ゆるんでいるのではないか」と思われる、ほんの例示に過ぎないが、これらは「日本の二十世紀末現象」なのだろうか？

いや、その兆候は十数年前から感じられたので、それで私は「日本は、駄目な国になってしまったのだろうか？」と、以前から「雑記帳」にも懸念を表明してきているのである。

◎物づくりの欠陥多き今の世は「仕事に誇り」無きぞかなしき
◎今日もまた国を憂いし話題から始まりにけり我が老人会は
◎孫の世の国の行く末案じては国士の出現待ちわびており
◎世のために我等が意見伝えたし、老人会の国士ら言えり

（いずれも筆者作）

来年からは二十一世紀。新世紀における日本が「一流国」であり、日本国民が「一流の国民」であってほしいと願っている。

それで今年は、二十世紀から二十一世紀へのバトンタッチの年。事件・事故のない堅実・平穏な社会を引き継ぎたいものである。

【禁転載・転送】

******日本再建クラブ幹事長（binmei.ohta@nifty.ne.jp）******

青少年犯罪凶悪化の原因

私は、いわゆるゲーム機遊びが好きではないので、買ったパソコンに既にインストール済みの二十数本ものゲームソフトも、一度も使ったことがない（いままでは、ハードディスクが容量不足になってきたので、ゲームソフトは全て削除してしまった）。

これは、無駄なインストール済みソフトの多いパソコンを買った（無駄な出費をした）ことになるが、従来のパソコンの売り方からは、素人のパソコンユーザーとしては、不要なアプリケーションソフトが多いのも承知で、仕方なく買うことになってしまう。

そんな訳で私はゲーム機遊びが好きではないのだが、もう大分以前のこと、娘が

「お母さんがぼけないように」と家内にゲーム機（テレビ接続用）と「テトリス」というゲームソフト一本をプレゼントしてくれた。

このゲームソフト（テトリス）は、なかなか面白いし、頭脳訓練になるゲームであり、家内は喜んで毎日のようにやっていたものである（最近は、園芸に夢中で、ゲームをやっている暇がないようだが……）。

ところで、先日、孫たちが、我が家に泊まりがけで遊びに来た時、最新のゲーム機とゲームソフトを持参でやってきた。

そして、小学生の孫のやっているゲームの画面を見て、私は驚いたのである。

ゲームソフトの名前は覚えていないが、戦闘ゲームのようで、青竜刀（と言ってもご存じない方が多いかな？）のような形の刀（大型のナイフと表現した方が良いのか？）を持った者が、敵に出会うと、その刀（大型のナイフ）で相手をやっつけては進み、やっつけては進んで行くゲームのようだったが、その「やっつけ方」が酷いのである。

私たち（高年者）の子どものころにも、戦闘的な遊びはあった。チャンバラなどもやったし、戦争ごっこもあった。

しかし、そのころの（昔の）チャンバラでも戦争ごっこでも、（今や昔の言葉になってしまったのかもしれないが）「武士道、騎士道、紳士道などの人間としての基本的なルール」が守られていた。

すなわち、日本の武士の「果たし合い（決闘）」でも、西洋の騎士同士や紳士の「決闘」（騎馬すれ違い槍一本突きとか、フェンシングとか、一発込め拳銃とか）や西部劇映画に出てくる「決闘」（拳銃）でも、すべての勝負（果たし合い、決闘）は、いわゆる「一本勝負・一発勝負」が基本原則で、「一太刀《ひとたち》」「一発的中」が勝負なのであったと思う。

小・中学校の運動会などでは、今でもあるのかも知れない「騎馬戦」でも、相手の頭に付けた「紙風船」に「一太刀」（一叩き）浴びせて紙風船を割ってしまえば、勝負はついたのであって、紙風船が割れた後でも何回も何回も相手の頭を殴り続けるようなことは、特に誰かから禁じられなくてもしないであろう自然の常識、人間性としての思いやりの精神が、「武士道、騎士道、紳士道」の基本にあったと思う。

ところが、孫がテレビに繋いだゲーム機でやっていたゲームの中の仮想人間の勝負では、「めった斬り」「めった打ち」（相手がダウンしても、何度も何度も執拗に斬りかかり打ちかかる）なのである。

すなわち、一人の敵に出会った時、その青竜刀のような刀で、数回以上も斬りつけて相手をやっつける（画面上でも、最初の一太刀で相手が倒れているのに、そのうえさらに数回以上も斬りつけ、叩き斬り続ける）残酷な戦闘場面の繰り返しなのである。

要するに、私のように武士道、騎士道、紳士道的観点からみると、何とも残忍で卑劣な、むごたらしい残酷な描写のゲーム（勝負）なのである。

物心つく幼い頃から、小学生・中学生・高校生時代を、このような残忍でむごたらしく卑劣極まりない残酷な描写のゲーム遊びを、大人たちから押しつけられて育ったのでは、愛知の主婦殺害容疑で逮捕された高校三年生が、「主婦を四十数カ所もめった刺し」したというのも、残忍なゲームソフトを競争で過激に過激にとエスカレートして開発して売りつけてきた大人たちによる「殺人ゲーム」に馴らされた結果なのかも知れないと思われる。

しかも「人を殺す経験をしたかった」などとの、世にも恐ろしき言葉が、成績優秀な「普通の」高校三年生の口から平然と出てくるのだから、このような「高校生」を生んだ現代日本の社会を構成している世の中の大人達の責任は極めて重い。

残忍残酷なゲームソフトが、青少年犯罪の凶悪化に影響を与えていることと、その責任の多くは大人にあるのだと、私が言っているのは、一例であって、言いたいことはゲームソフトに限ったことではなく、映画やビデオや劇画（漫画）や俗悪なテレビ番組等々その他にも山ほどもあるが、送信文が長くなるのできょうは例示を割愛する。

とにかく、最近の殺人事件の被害者は、ほとんどが「めった刺し」に遭っているし、数日前の「高速バス乗っ取り」の十七歳の少年の事件でも、数人の首を数カ所ずつ刺しており、一人は死亡、一人は重体と聞いている。またもや惨い事件であった。

このように、人質の「首を狙って刺す」などという残忍な行為が何のためらいもなく実行されるのも、最近の青少年犯罪の特徴のように思うが、偏執的で人間失格的な非人間的行動傾向が日頃からの日常的な行動様式として青少年に蔓延している証拠だろう。

「人質」には、私の言う「武士道、騎士道、紳士道的観点」からすれば、危害を加えてはならないのである。「約束実施の保障」のために「大事に扱う」のが「人質」への接し方のはずなのである。

それを、簡単に「人質」を刺し殺すのでは、「人」を「人間」と思わない扱いをする、「人を殺す経験をしてみたかった」と同じ「非人間」のやることとしか私には思えない。

先ごろには、医学部の大学生が、数人グループで、女性に性的暴行を加えていた事件も明るみに出て、「優秀な（?）大学生までが……」と、これにも驚きであったことをも、また思い出してしまう。

中学・高校での、陰湿・卑劣・残忍な「いじめ」の横行も、教育・しつけに無責任な「大人たち」のせいである。最近の総理庁の行った中学・高校生に対する世論調査では、今のままでは「いじめ」は無くならないと、学生たちは言っている。

そこで私は、「武士道、騎士道、紳士道」等の人間としての基本的な品位・道徳感を、日本国民全体に蘇らせる必要性（人道教育、人間性教育、道徳教育）を訴えたい。

アメリカの銃社会も、抜本的対策の推進を促したいが、現今における日本社会の、「表現の自由」や「人権尊重」「個人の自由」に名を借りた「悪い大人」たちの行為（金儲け至上主義）や青少年への無関心・無責任・躾教育の放棄（甘えさせ放題）等々の風潮についても、国民的、国家的課題として真剣に是正対策に取り組まなければならないと考える。
「日本は、駄目な国になってしまったか？」と、私はもう大分以前から今日を予見して、この「雑記帳」においても、為政者はもとより教育関係者らの怠慢を指摘してきているが、読者の共感を得て、全国民的課題として改善される方向に世論が形成されるように願っている。

では皆さん、また来週！

＊-＊-＊-＊-二〇〇〇年五月六日・日本再建クラブ幹事長(binmei.ohta@nifty.ne.jp)

太田敏明　著

二〇〇〇年八月

山並みに
夕陽傾き茜色
終の棲家の
額に納まる

写真、短歌：宇都宮市にて　太田敏明

【著者略歴】

太田敏明（おおた　としあき）

1930年（昭和５年）９月、太田　一の長男として横浜に生まれる。
1955年（昭和30年）中央大学経済学部卒業。
住所歴：横浜、大磯、横須賀、横浜、川崎、東京、高松、東京、市川、静岡、函館、東京、宇都宮等の各都市を転居。現在は栃木県宇都宮市に居住。
職業歴：銀行員、電子機器メーカー役員（常務取締役）、等経験。
E-mailアドレス：binmei.ohta@nifty.ne.jp

子会社の考査…欠席裁判

2000年８月１日　　初版第１刷発行

著　者　太田《おおた》　敏明《としあき》
発行者　瓜谷　綱延
発行所　株式会社文芸社
〒112-0004　東京都文京区後楽2-23-12
電話　03-3814-1177（企画）
03-3814-2455（営業）
振替　00190-8-728265
印刷所　株式会社平河工業所

ISBN4-8355-0509-3 C0093